Spiare

Un romanzo sulla Seconda Guerra Mondiale

Spiare
Un romanzo sulla Seconda Guerra Mondiale

Richard G. Hole

Seconda Guerra Mondiale

SOMMARIO

Nella prima mattinata del 1 settembre, gli altoparlanti delle diverse unità della caserma cominciarono a ululare.

Tutti alzarono la testa, stupiti.

L'annunciatore annunciò che il Führer tedesco avrebbe parlato alla sua gente.

E poi hanno sentito la notizia.

L'esercito tedesco, ignorando il suo ultimatum, aveva appena attraversato il confine polacco.

Spiare è una storia appartenente alla raccolta della Seconda Guerra mondiale, una serie di romanzi di guerra sviluppati durante la Seconda Guerra Mondiale

SPIARE

Il bar era uno dei tanti che si possono trovare a Soho. Un luogo anonimo, frequentato da persone dubbie e soggetto a frequenti perquisizioni da parte della polizia. A quell'ora, le cinque e mezzo di un pomeriggio primaverile nuvoloso e ancora un po' freddo, era quasi vuoto. Solo un po' più tardi, dopo il tè, sarebbero cominciati ad arrivare i clienti abituali.

L'uomo entrò nel bar, si sporse sul bancone e ordinò del whisky. L'oste lo servì con noncuranza, e l'uomo lo bevve a piccoli sorsi, guardandosi intorno. Nel posto c'erano solo tre persone, oltre a lui, e nessuna sembrava quella che stava cercando.

Verso le sei cominciarono ad arrivare i clienti. Ordinarono le loro bevande e le consumarono con velocità assetata. Erano circa le sei e dieci quando qualcuno si avvicinò all'uomo e si fermò accanto a lui.

"Birra" ha chiesto. Poi si voltò verso l'altro.

"Buonanotte. Tu non mi conosci, ma io sì.

"Sei tu quello che mi ha chiamato al telefono?

"Sì.

Parlava a bassa voce. Era di media statura, con una testa grande e un collo forte. I capelli biondo scuro tagliati corti gli crescevano ispidi sopra la testa. I suoi occhi erano blu e fissi.

"Cosa vuoi? Chiese quello che è arrivato per primo.

Era considerevolmente più giovane del nuovo arrivato. Circa ventotto anni. Lineamenti corretti, capelli biondi e alta statura. Era magro, ma forte.

"Non qui. Andremo altrove a parlare. Se non le dispiace", aggiunse educatamente.

«No, certo, ma non posso perdere molto tempo.

"Ti assicuro che non lo perderai. Bevi quello e andiamo.

Il più giovane si strinse leggermente nelle spalle e obbedì. Un attimo dopo erano in strada.

Di fronte a loro c'era un cinema. Il più basso si voltò verso il suo compagno.

"Quel cinema è quasi sempre vuoto nelle ultime file. Possiamo parlare tranquillamente.

"È necessario tanto lusso di precauzioni?

"Lo è. Non voglio che qualcuno senta quello che ho da dirgli.

Tirarono fuori le località ed entrarono nel cinema. In effetti, i sedili posteriori erano vuoti. Sullo schermo, seguito con scarso interesse dagli spettatori, si dipanano le disavventure dell'uomo invisibile.

"Beh, cosa vuoi?

Il secondo si accese una sigaretta, dopo averne offerta un'altra alla compagna.

Il suo nome è Helmuth Frick.

"Mi hai portato qui per dirmelo?

"No. Ma voglio che tu sappia che conosco la tua personalità. Sei un ingegnere e lavori alla Magnus Corporation da due anni.

"Bene", disse Helmuth.

E infine, sei tedesco.

«Sì. E adesso dimmi chi sei. Altrimenti esco dal cinema. Sei ben informato su di me, ma questo non basta a trattenere la mia attenzione per più di due minuti in più.

"Mi chiamo Loewe, Karl Loewe.

"Mi dispiace, quel nome non mi dice niente, tranne che...

Tranne che sono anche tedesco. Non posso dirti dove lavoro, almeno per ora. Ma io e... altre persone vogliamo chiederti di fare qualcosa.

"Che cosa?

"Lo scoprirai domani, se vai in ambasciata. Devi rinnovare il passaporto. Sarà una buona scusa per presentarsi lì. Una volta rinnovato il documento, chiedi di me. Ti porteranno immediatamente alla mia presenza. Vorremmo che fossi lei immancabilmente, Herr Frick. Spero che lo farà.

"Non puoi dirmi niente di...?

"No, Herr Frick. Mi scusi. Ma ci vediamo domani all'ambasciata e potremo fare una chiacchierata interessante. Lo farà?

«Senti, Herr Loewe, quello che mi stai chiedendo è...

«È ufficiale, potremmo dire, Herr Frick. Non è un ordine, ovviamente, ma saremmo molto dispiaciuti se non partecipassi a quell'intervista.

Loewe si alzò in piedi.

«E adesso» aggiunse sottovoce e senza inflessioni «devo ritirarmi. Domani alle undici, non dimentichi, Herr Frick. Rimani anche un po' al cinema, non esca subito dopo me.

Ha lasciato. Per un altro quarto d'ora Helmuth seguì l'uomo invisibile sullo schermo, finché la morte lo sorprese nel laboratorio e iniziò a incarnare il suo guscio carnoso. Poi è uscito Frick.

A Piccadilly ha mangiato un boccone in uno dei ristoranti di Lione, ma difficilmente avrebbe saputo dire cosa. Le parole di Kronen, due mesi fa, gli risuonavano ancora nelle orecchie, riaccese dall'intervista di questo pomeriggio.

«Quello che non capisco», gli aveva detto Wilhelm Kronen, che lavorava come chimico in una grande azienda inglese, «è come non abbiano ancora provato a contattarti. Le cose sono molto oscure, Helmuth, e stanno usando tutti i mezzi a loro disposizione".

Ebbene, lo avevano già contattato.

E con mezzi certamente abbastanza contorti.

Ha finito di mangiare. Era quasi ora dell'appuntamento con Iolande. Aveva appena il tempo di aspettarla all'uscita della metropolitana. Camminando lentamente, si diresse verso Leicester Square.

La mattina dopo, sabato, lasciò la pensione di famiglia che occupava in Tavistock Street, vicino allo Strand, e si diresse all'Ambasciata. La nebbia del giorno prima si era diradata e un sole limpido splendeva sul Tamigi, conferendo alle sue acque sporche un fascino che normalmente non avevano.

L'ambasciata tedesca si trovava a Carlton House Terrace, vicino al Mali. Era un edificio antico, molto spazioso, all'interno del quale regnava un ordine quasi perfetto. Andò al dipartimento passaporti e l'impiegato rinnovò il suo, con un sorriso. Si conoscevano già prima. Poi, con un'aria che cercava di essere il più disinvolta possibile, chiese di Herr Karl Loewe.

Fu condotto in un piccolo ufficio, situato in uno degli angoli dell'edificio. Loewe stesso lo stava aspettando, seduto dietro il tavolo. Si alzò e disse, alzando il braccio:

"Ehi, Hitler!

Poi, con voce più normale:

Per favore, si sieda, Herr Frick. Ti ringrazio molto per la tua visita.

"In realtà", ha detto Helmuth, "una semplice nota ufficiale sarebbe bastata per ricordarmi che dovevo rinnovare il mio passaporto per...

Loewe lo interruppe senza violenza, ma con autorità.

"No, no, Herr Frick; mi dispiace, ma è meglio così.

In questo momento, pensò Helmuth. "Come al solito. Se le cose possono essere fatte in modo contorto, perché fare le cose normalmente?"

Ma rimase in silenzio, aspettando che l'altro parlasse.

«Herr Frick, siamo a conoscenza del suo lavoro alla Magnus Corporation. Sappiamo... sappiamo davvero tutto ciò che ti riguarda. Non perderai molto tempo, né io ti perderò. Fatta questa premessa, passo a dirvi cosa ci aspettiamo... cosa si aspetta la Germania da voi.

Helmuth chinò il capo.

"Riceverai entro un mese le ferie annuali a cui hai diritto secondo le leggi sul lavoro britanniche, vero?

"Infatti.

"Hai già pensato a come utilizzerai quel tempo libero?

"Avevo programmato di fare un breve viaggio in Germania e trascorrere il resto in tournée nel paese del Galles.

Loewe annuì.

"Eccellente. Ma noi... cioè il nostro Paese, ci aspettiamo che tu fornisca determinati servizi.

Adesso è fuori, pensò Helmuth a disagio.

"E bene?

"Saremmo estremamente lieti se rinunciassi a quel viaggio in Germania e alla passeggiata attraverso il Galles. Non perderai la tua vacanza, ovviamente. I posti dove potresti andare hanno tante attrazioni e bellezze quanto il Galles. Ci dispiace chiederti di privarti di un breve e meritato viaggio in Patria, ma ti posso assicurare che apprezzerebbe molto di più se seguissi le nostre istruzioni.

"Cosa dovrei fare?

Loewe gli porse un pezzo di carta su cui aveva scritto diversi nomi. Helmuth lo guardò. Erano popolazioni inglesi, situate nel nord e nel centro del paese. Alzò lo sguardo interrogativo.

«Vuole chiedere qualcosa, Herr Frick? Qualche chiarimento?

"Sì. Sappi esattamente cosa ci si aspetta da me.

Per un momento, Loewe sembrò esitare.

«Lei è un buon tedesco, Herr Frick. Hai fatto parte dei tuoi studi in questo paese, ma sei un buon tedesco, vero?

"Credo di si.

«Be', anche noi non abbiamo motivo di dubitarne. Per questo non abbiamo esitato a compiere questo passo, che oserei dire può avere un grande significato per il nostro Paese.

Si fermò, accendendosi una sigaretta. Anche Helmuth fumava, lentamente.

"In tutti quei posti, Herr Frick, ci sono cose che potrebbero interessare la Germania. Sono cose di natura molto diversa, ma ugualmente interessanti dal punto di vista...diciamo politico.

Helmuth lo guardò dritto negli occhi.

«Mi ha appena fatto l'onore di considerarmi un buon tedesco, Herr Loewe. Penso che tu possa parlare francamente. Da un punto di vista militare, forse?

Sì, signor Frick. Anche dal punto di vista militare.

Ma non ho accesso ai segreti britannici.

"Inutile. È quello che fanno le persone specializzate. La tua missione consisterà nel fotografare, con la tua macchina turistica, ponti in costruzione o già costruiti, snodi ferroviari, luoghi che potrebbero servire da concentramento di truppe, sia di linea che meccanizzate, aeroporti che possano essere usati militarmente, ecc.. Per quanto riguarda i ponti, nella sua qualità di ingegnere può fare alcuni calcoli che ci permettono di conoscere la loro capacità di resistere al traffico, la loro densità di costruzione, i materiali e la resistenza degli stessi, ecc vedi che non stiamo chiedendo l'impossibile, ma solo un piccolo sforzo personale nel caso indesiderabile che gli eventi mondiali portino a un conflitto armato.

"Capisco" disse Helmuth. Bene, signor Loewe. Supponiamo... supponiamo che la missione non fosse di mio gradimento. Supponiamo che non fossi incline a intraprenderlo.

«Quella probabilità non ci è nemmeno passata per la testa, Herr Frick, devo ammetterlo.

"Ma, nel caso fosse così...

"In tal caso, saresti molto libero di prendere una decisione secondo i tuoi desideri.

Lo stava guardando con occhi che avevano perso ogni espressione amichevole, e Helmuth se ne rese conto.

«Ma... Herr Frick, i miei superiori non apprezzerebbero la sua intenzione di continuare in Gran Bretagna. Come ufficiale di riserva della Riserva, verrai chiamato a far parte di un'unità. Ma non dobbiamo affrontare spiacevoli possibilità. Sono certo, date le vostre origini, che non rifiuterete di collaborare alla difesa della nostra Patria. E così l'ho fatto conoscere, anticipando questa intervista, ai miei superiori.

Non c'era via d'uscita. Oppure tornare in Germania per essere incorporato in una qualsiasi delle unità dell'esercito o fare quello che gli hanno chiesto di fare. La cosa era perfettamente chiara.

A parte il fatto che Fraülein Zermatt come farebbe ad assumere un atteggiamento così antipatriottico?

Perché mischiate Fraülein Zermatt in questo? chiese Helmuth seccamente.

"Solo come una possibilità. La possibilità che Fraülein Iolande Zermatt fosse incline a considerarti un uomo alquanto indegno di aver posato i suoi begli occhi su di lui.

«È una minaccia, Herr Loewe?

"Nerd! In ogni caso. È proprio questo, una possibilità. Fraülein Zermatt si è sempre dimostrata un'eccellente patriota.

«Voglio dirti una cosa», disse lentamente Helmuth. Non c'è niente che non farei per il mio Paese, se me lo chiedesse. Ma non voglio assolutamente essere costretto. Qualunque cosa io faccia per lui, la farò di mia spontanea volontà e non sotto minaccia di alcun tipo. È chiaro?

"Completamente. E credo che ti ringrazio... che apprezziamo la tua sincerità. Un uomo che fa un tale chiarimento, crediamo che sia più sicuro di un altro che si sarebbe impegnato senza esitazione.

"Questo è il caso, per quanto mi riguarda.

«Allora Herr Frick, possiamo chiudere l'affare?

Helmuth esitò leggermente. Molto leggermente, ma Loewe se ne accorse.

"C'è qualcosa che dovremmo sapere, Herr Frick?

"Niente, a parte questo non vorrei andare in guerra con questo Paese. Qui ho trovato lavoro...

"Che non gli era mancato in Germania, mi affretto a chiarire.

"Va bene, così sia. Lasciami finire. Ho trovato lavoro e ho amici. Non molti, ma alcuni, e mi sembrano sinceri. Devo anche aggiungere che, in caso di conflitto, non esiterei a solo un secondo, ovviamente. La mia patria è la Germania e combatterei per essa. Con questo voglio solo spiegare che non mi piacerebbe dover arrivare all'ultimo estremo, ma che, se necessario, lo farei. Ho spiegato bene, Herr Loewe?

"Con eccellente chiarezza. Quelle obiezioni, quel senso di amicizia, lo onorano e mi fanno sentire più che mai soddisfatto di poter contare sulla collaborazione di un uomo che non è un mercenario, ma un patriota consapevole e imbevuto dei suoi sacri doveri.

Allungò la mano sul tavolo. Helmuth lo trovò leggermente morbido e per nulla energico, ma lo scosse.

Si alzò in piedi, imitato da Loewe.

«Un'altra cosa, Herr Frick. Naturalmente, tutto questo ti porterà delle spese extra, che il governo tedesco pagherà volentieri. Ti sarà messo a disposizione un conto corrente presso la Banca del Mediterraneo, dal quale potrai utilizzare senza inutili sprechi "La Germania non è ricca, lo sai", ma non senza avarizia. Posso assicurarti che, fidandomi di te, quel conto non sarà soggetto a supervisione. La Germania non è ricca, ripeto, ma sa prendersi cura di quei suoi figli che lavorano per essa.

Mentre Helmuth stava per parlare, alzò la mano in segno di ammonimento.

"No, Herr Frick. Questo non è un pagamento. Semplicemente non ti priva dei tuoi risparmi. Puoi usare quel conto come preferisci. Senza scrupoli, che, anche quando ti onorano, sono fuori luogo. Non paghiamo dipendente, assicuriamo il comfort di un collaboratore.

E quando uscirono:

"Tra quindici giorni da oggi, cioè il 2 giugno, vieni a trovarmi. Una certa persona ti darà istruzioni complete. Addio, Herr Frick, Heil Hitler!

La sua mano tesa finì quasi tra gli occhi di Helmuth. Salutò un po' meno teatralmente e lasciò l'ufficio.

"Ma, cara" obiettò Iolande, "pensavo che saremmo andati in Germania. Non vedevo l'ora di andarci, insieme a te, e di farti conoscere i miei genitori.

"Mi dispiace.

Erano ad Hyde Park, seduti su una panchina, a scaldarsi sotto il tiepido sole di maggio. Poco più avanti, appollaiato su una cassa da imballaggio, un uomo dalla faccia compiaciuta parlava instancabilmente a un gruppetto di sfaccendati. Frammenti delle sue frasi giungevano di tanto in tanto, portati dal vento, alle orecchie di entrambi i giovani tedeschi.

"... E vi assicuro, cari fratelli, che l'ora finale si avvicina. Che Cristo scenderà dalle nuvole, come un ladro di notte, e guai a coloro che non erano preparati a riceverlo! ...

"Sì, ti dispiace, ma non mi dai nessuna spiegazione.

I capelli di Iolande erano così biondi che sembravano quasi bianchi al sole. La sua carnagione è pallida per il recente inverno; la sua bocca rossa, poco dipinta, e il suo vestito azzurro, erano molto belli da vedere. Helmuth la stava guardando con gli occhi socchiusi. Era bellissima e lui l'amava. Voleva sposarla e vivere in qualche piccola città, in Germania o in Inghilterra, una vita semplice, senza complicazioni e, soprattutto, senza quelle nuvole scure che si profilavano all'orizzonte.

"... Preparatevi, fratelli, vi prego vivamente! Non dormire! Stai attento! Sempre vigili in attesa del suo arrivo...!

"Scusa, Iolanda.

"Ma almeno" rispose con una nota nuova nella voce "potresti darmi una spiegazione.

Helmuth esitò per un momento.

"Iolande, pensi che ci sarà la guerra?

"Non lo voglio e non so se ci sarà o meno. Non sono un politico, ma una ragazza che lavora per vivere. Ma cosa c'entra questo con...?

"Un momento. Non vuoi che ci sia una guerra, ma se ci fosse... cosa faresti?

«Helmuth, ti trovo molto scuro oggi. Voglio che tu mi dica esattamente cosa stai pensando.

"Nella guerra. Nella possibilità che ci sia.

Rispondi, Iole. Che ci crediate o no, è legato a ciò di cui stiamo parlando.

"Se ci fosse", rispose lei lentamente, giocherellando con un nastro del suo vestito, "cercherei di andare in Germania, se avessi tempo, e fare quello che le hanno ordinato."

Alzo lo sguardo su di lui.

E ora, spiegati. Se vuoi.

"Vedi, Iole. So che non odi gli inglesi. Vivi qui e lavori con loro, proprio come me. Non vorremmo che nessuno di noi due dovesse combattere, né indirettamente, contro questa nazione. Sfortunatamente, non è in nostro potere impedire che scoppi la guerra, siamo un paio di unità in mezzo a forze sulle quali non abbiamo il minimo potere.

"Perché non arrivi al punto? Non sono in vena di sopportare lezioni filosofico-politiche in questo momento.

La sua voce era piena di delusione. Avevano programmato molte volte quel viaggio in Germania, nel quale avrebbero annunciato ai genitori di Iolande, a Kiel, il loro fidanzamento. Helmuth non aveva famiglia.

"Al punto che vado. Mia cara, non so se sbaglio o sbaglio a dirtelo, ma il fatto è che mi è stato chiesto in modo ufficiale di trascorrere le mie vacanze in questo paese.

"Ma... a quale scopo? Perché entrano in ...? Chiese Iolande, spalancando gli occhi. Le sue sopracciglia, così pallide che erano appena visibili dal resto del viso, erano arcuate.

Helmuth ha gettato la discrezione al vento. Dopotutto, non gli era stato proibito di parlare con la sua fidanzata.

Gliel'ha spiegato. Quando ebbe finito, lei disse solo:

"Capire.

Poi, dopo un momento, così lungo che ebbe quasi il tempo di fumare una sigaretta intera, aggiunse:

"Il punto è che non volevo andare in Germania da solo. Vedi qualche difficoltà nel fare quel viaggio con te?

Helmuth esitò per un momento.

"Non ne vedo nessuno, così di prima intenzione, ma a loro piacerebbe?

«Non lo so, e il punto è che neanche a me interessa. Helmuth, visto che abbiamo rovinato il nostro viaggio in Germania, facciamolo insieme. Non dirmi di no. Se non ti è stato proibito, puoi farlo. Lo considererò un'offesa personale se non lo fai.

Helmut sorrise.

"Beh. Faremo una cosa. Quando andrò a trovarli te lo chiederò in segreto. Anche io credo che non importi.

"Potremmo anche passare per marito e moglie. Questo susciterebbe meno sospetti, se dovessimo destare qualcuno.

L'idea stava diventando sempre più attraente per Helmuth.

"Va bene, a patto che non ci mettano un carico pesante.

"Ti hanno costretto a farlo sotto costrizione, vero? Ebbene, dovranno sopportarlo.

L'oratore era uscito dal cassetto e lo aveva portato; si allontanò nell'indifferenza dei suoi ascoltatori. Il pomeriggio stava calando. Profumava di alloro e cannella.

"Va bene", disse Helmuth. E ora andiamo dove posso baciarti. Se fossimo a Parigi lo farei proprio qui Purtroppo...

Si allontanarono, a braccetto, seguiti dagli sguardi impenitenti delle zitelle che tiravano i loro cani.

Il 2 giugno Helmuth fu accolto da Herr Loewe e da un uomo in borghese, ma dall'inconfondibile portamento militare. Era asciutto, con modi così bruschi, che per più volte fece quasi perdere la pazienza a Helmuth. Si trattenne con uno sforzo. Il suo interlocutore indicava nelle varie città i luoghi che avrebbe dovuto visitare ei particolari di cui doveva prendere nota. Era molto accurato nelle sue spiegazioni e Helmuth si rese conto che era un uomo molto abituato a queste cose. Era un militare, ma anche un tecnico, forse un ingegnere. Alla fine era solo con Loewe.

"Non c'è bisogno che ti dica che non dovresti prendere appunti scritti di alcun tipo, nemmeno numerici. Poiché sei tedesco (non devi nascondere in alcun modo la tua nazionalità), puoi essere registrato se instilli qualche sospetto. Tutto deve essere tenuto nella tua testa. Quanta memoria hai?

"Bene", rispose Helmuth seccamente.

"Eccellente, secondo i suoi insegnanti ed ex compagni di classe. Non essere modesto, mio caro Herr Frick. Tutto questo sarà per te un gioco da ragazzi.

Helmuth ha attaccato frontalmente.

"Fraülein Zermatt vuole accompagnarmi in questo viaggio.

Gli occhi di Loewe si strinsero leggermente.

"Lo hai aggiornato sulla nostra conversazione?

"Certo che no", mentì Helmuth. "Ma avevamo in programma un viaggio in Germania e questo è venuto a rovinarlo, come sai. Lei non vuole essere separata da me.

"Lo trovo molto ragionevole. Prendilo, caro amico. Una donna è un'ottima scusa per fare foto. Sono così belli nelle loro affascinanti pose quando dietro c'è un ponte, una diga, una stazione ferroviaria...! Fotografarli davanti a una corazzata è un piacere da vedere! Devi assolutamente indossarlo.

"Grazie," mormorò Helmuth sconcertato. Questo ometto sembrava indovinare le sue idee.

"Lo farò", ha risposto.

"Fraülein Zermatt è quindi inclusa anche nel nostro conto spese. Speriamo, caro amico, che tu non ne approfitti per rinnovare completamente il tuo guardaroba", ha aggiunto con una grossa risata.

E dandogli un'amichevole pacca sulla spalla, lo accompagnò alla porta. Lì ruggiva l'Heil Hitler! e Helmuth lasciò l'ambasciata.

La vacanza di Helmuth iniziò il ventesimo. Era stato avvertito che non doveva più presentarsi all'ambasciata, poiché tutto era già stato discusso. Non l'ha fatto, allora. Il 20 hanno preso il treno per Manchester e lì hanno iniziato il loro percorso attraverso il nord dell'Inghilterra, il sud della Scozia e poi di nuovo, lentamente, lungo la costa orientale. Manchester, Leeds, Newcastle, Scarbourugh...

Sono stati giorni molto felici. Helmuth aveva deciso fin dall'inizio di atteggiarsi a sposi novelli. Questo ha fatto sì che i compagni di allenamento, i residenti negli hotel, li lasciassero relativamente tranquilli. Né hanno evitato la compagnia. Non potevano farlo, per timore di suscitare certi sospetti. Poiché la situazione mondiale era, con cambi di note tra Germania e Francia e Inghilterra, discorsi virulenti di "boebbels", minacce alla Polonia, una coppia tedesca non era, anche per i pacati inglesi, inosservata come un anno. prima.

Furono, quindi, molto cortesi, senza esagerare la nota; facevano lunghe passeggiate nelle periferie delle città, facevano escursioni sui Pennini, sempre con la macchina fotografica in spalla. Ma non hanno sviluppato le fotografie da nessuna parte, invece hanno tenuto le bobine fino a quando non hanno potuto consegnarle a Londra.

La sera Helmuth, su un pezzo di carta che in seguito distrusse, annotava tutto ciò che aveva visto e lo studiava attentamente. La lunghezza dei ponti sulle principali autostrade, il peso che potevano sopportare, le loro fondamenta, lo stato di conservazione delle strade, le dimensioni approssimative degli aeroporti, ai quali si recavano come semplici e ammirati turisti per assistere alla partenza degli aerei. ...

Tutto questo ha studiato con una mente allenata dalla sua professione. Poi bruciò le carte e tenne solo un innocuo diario di viaggio, molto tipico degli sposi novelli, in cui annotava i luoghi in cui erano passati, senza altri dettagli che alcuni dettagli sentimentali che Iolande era incaricata di aggiungere. Basterebbero quei nomi per ricordare in seguito a chi appartenessero le fotografie.

Infine, il 15 luglio, tornarono a Londra. Helmuth sarebbe dovuto tornare al lavoro due giorni dopo, il 17. Il 16 si recò all'Ambasciata e si incontrò con Loewe. Raccolse le bobine di fotografie e poi le passò al militare, di cui Helmuth non conosceva il nome.

Le fotografie furono sviluppate in pochissimo tempo e poi Helmuth si sistemò davanti a un grande tavolo, con il militare dall'altra parte, e iniziò la spiegazione.

Lentamente, cercando di non conservare nulla nella sua memoria, fece quella che si potrebbe definire la storia tecnica del viaggio. Un dispositivo registrava le sue dichiarazioni, mentre i militari verificavano i dati ed esaminavano le fotografie. Tutto questo li teneva occupati tutto il giorno e parte della notte. Finalmente, alle dieci e mezza, finirono.

Il militare si alzò, accendendosi una sigaretta.

"In linea di principio, molto bene. Ottimo lavoro amatoriale, Herr Frick.

"Mi dispiace" rispose Helmuth seccato. Ho fatto del mio meglio. Non sono certo un professionista.

"Non volevo offenderlo. Il lavoro che hai svolto è abbastanza buono che non esito a congratularmi con te.

"Grazie.

Il soldato si alzò in piedi e Helmuth lo seguì.

"Mentre eri fuori Londra sono successe alcune cose... alcune cose non del tutto impreviste. Herr Frick, temo che dovrà andare a casa.

"Quando? chiese Helmuth accigliato.

"Presto. Sicuramente riceveremo l'ordine uno di questi giorni. Lei è un riservista del genio militare, vero?

"Si signore.

«Con il grado di sottotenente.

"Ecco com'è.

"Stanno chiamando i riservisti per le manovre estive. Te lo dico anche se è un segreto, perché presto cesserà di esserlo e non vedo alcun motivo per tenertelo nascosto.

Una specie di serpente freddo corse lungo la schiena di Helmuth. C'era già, allora.

"Ma ho già superato i cinque anni di stage annuali. Questo... significa guerra?

"Speriamo di no" rispose l'altro con un'espressione che denotava il contrario. Un'espressione gelida era apparsa nelle sue pupille. Ma la Germania non può più sopportare interferenze con il nostro destino. No, Herr Frick, e lei lo sa benissimo.

Helmuth pensava che una volta annesse la Cecoslovacchia e l'Austria, Hitler disse che le rivendicazioni tedesche erano finite. Questo, almeno, è emerso dai suoi discorsi. Ma non sembrava l'occasione più opportuna per dirlo. Si limitò a guardare l'altro, in attesa.

"Presto ti manderanno la convocazione. Comunque hai già passato una bella vacanza. Non tutti possono dire lo stesso lì, in patria.

Lo accompagnò alla porta.

«Addio, sottotenente Frick.

Helmuth percepì la repressione dell'Herr, ma non disse nulla. La cosa, allora, era seria.

La gente per strada non sembrava prestare attenzione ai nuovi eventi. Sembravano tutti calmi, ma Helmuth no. Per un istante, un certo senso di orgoglio lo pervase. Quegli inglesi... erano sull'orlo di un vulcano e, tuttavia, continuavano a camminare per le strade con facce impassibili, bevendo il loro tè, leggendo i loro Times...

Invece, la Germania si stava preparando. Le immense fabbriche di Essen vomitavano ogni giorno centinaia, migliaia di cannoni; La Skoda, in Cecoslovacchia, alimentava le orde verdi con mitragliatrici, milioni di fucili, migliaia di aerei... La potenza industriale più formidabile del mondo incombeva oltre i confini.

Poi l'orgoglio lasciò il posto alla paura. Non la paura fisica per l'avvicinarsi della guerra, ma la sana paura di perdere una posizione che gli piaceva e in cui guadagnava denaro, compassione per il numero di donne che sarebbero rimaste senza mariti, fidanzati, fratelli e padre; i milioni di ragazzi, il fiore e la promessa di tanti paesi che morirebbero...

Quando incontrò Iolande, che lo aspettava nell'atrio del piccolo albergo di famiglia, la prese per un braccio e la condusse in strada. Le taverne, i pub ei bar erano già chiusi, ma non importava, perché era una splendida notte d'estate.

Quando finì di spiegarglielo, lei rimase in silenzio per un momento.

"Quando pensi che ti chiameranno?

"Non lo so. Non me l'hanno detto.

"Credo... credo che dovrò andarci anch'io.

«Sì, ma non ti chiameranno. Non sei un riservista.

Non ha sorriso.

"Il punto è che ora non posso lasciare il mio lavoro.

Iolande era impiegata in un ufficio assicurativo, una casa svizzera molto rinomata a Londra. Era la segretaria di uno dei direttori e guadagnava molti soldi. Dubitava che gli avrebbero dato così tanto in Germania.

«Be', non credo che tu abbia molta fretta di lasciare il paese. Con l'essere preparati nel caso in cui le cose vadano male a un certo punto, penso che ce ne sarà abbastanza.

Rimase in silenzio per un altro momento. Sembrò andare a dire qualcosa, ma poi tacque. Non parlò per quasi cinque minuti.

«Be', immagino che in Germania serviranno anche delle segretarie. Il punto è, Helmuth, non voglio lasciarti.

Camminarono a braccetto per la strada, molto vicini.

"Non credo che l'idea non piaccia neanche a me, ma cosa possiamo fare? Aspetta. Non lasciare ancora il tuo lavoro. Può essere un falso allarme, come quando è successo a Monaco un anno fa.

"E se non lo fosse? Vorrei venire con te nel caso ti chiamassero, Helmuth.

"Aspetta tesoro. Non mi hanno ancora chiamato. Un po' di pazienza: Sospirò.

"Beh. Aspetteremo, ma ci penserò. Helmuth, perché non ci sposiamo? Sappiamo che ci amiamo e che insieme siamo felici. Perché aspettare ancora?

"Per ingrassare i nostri risparmi.

"Ci serviranno a poco se scoppia la guerra.

"Vedrai come alla fine tutto è un falso allarme. L'ha accompagnata a casa e poi è tornato in albergo.

Il 30 luglio fu chiamato il 2° tenente di riserva Helmuth Frick. La mobilitazione generale non era stata ancora decretata e, quindi, non era per ordine con cui era stato chiamato, ma per l'indicazione che doveva presentarsi in Germania, a Darmstadt, a fare le sue esercitazioni militari annuali, di cui era esentato per cinque anni. Ma ora sapeva che si trattava di una mobilitazione pura e semplice.

"Quando devi iscriverti? Chiese Iolande, con gli occhi asciutti, ma la mano con cui reggeva la sigaretta tremava.

"Devo essere a Darmstadt il 3 agosto.

Giusto il tempo per fare le valigie e prendere la barca.

Batté le mani sul tavolo. Erano in un bar a Whitechapel, bevendo birra e mangiando ciambelle salate.

«Questo mi farà perdere il lavoro, Iole. Naturalmente, quando me l'hanno dato non avevano idea che potesse essere chiamato dalla Germania in qualsiasi momento. Non credo si divertiranno.

Non l'ha fatto. Il capo di gabinetto Magnus scosse la testa con aria imbronciata. Certo, Helmuth non gli aveva detto perché doveva andare in Germania quando era appena tornato dalle vacanze, ma ne sentiva l'odore.

"Che cosa state combinando? Chiese severamente. Non mi riferisco a voi, ma ai tedeschi in generale. Chiunque direbbe che vorrebbe fare un altro putiferio come quello del 1914.

"Non lo so, signore. I miei motivi sono familiari, come le ho già detto.

"Beh, non posso tenerlo, naturalmente; ma nemmeno posso assicurarti che il tuo posto sarà vacante tra un mese o due. La Magnus è un'azienda seria. Soddisfa le tue richieste ed è rispettoso dei tuoi dipendenti, ma richiede reciprocità comportamento da parte loro.

"Mi dispiace.

"Beh; se non c'è altro rimedio, vattene, ma molto probabilmente la tua posizione sarà presa quando deciderai di tornare.

Si è fatto pagare, ha salutato l'ingegnere capo, che gli ha chiesto se guadagnavano stipendi così importanti come in Inghilterra, e ha aggiunto che quei maledetti nazisti erano tutti matti, a cominciare dall'imbianchino che gli urlava contro dalla radio. Alla fine prese il treno.

"Vorrei essere venuto con te", gli disse Iolande quando lo salutò alla stazione di Victoria.

C'era una nuova espressione nei suoi occhi che Helmuth non poteva analizzare in quel momento.

"Se le cose si mettono male, prepara il materassino e torna indietro" le disse abbracciandola. Ma nel frattempo, penso che starai meglio qui.

"Non lo so," rispose lei, baciandolo così forte da far male. "Non lo so. Ma stai attento, Helmuth.

Scrivimi ogni settimana. Lo farai?

"Sì, certo. E forse posso darti qualche notizia presto.

"Non è quello che è scoppiata la guerra.

"No, non credo che sia esattamente così.

Il treno fischiò a lungo e Helmuth entrò nel suo appartamento. Riuscirono ancora a stringersi la mano, guardandosi negli occhi, e poi il convoglio si allontanò, prima lentamente, poi più velocemente. L'ultima visione di Helmuth di Iolande era lì, sulla piattaforma, con i suoi capelli quasi bianchi, la pelle abbronzata e le labbra rosse che scintillavano alla luce degli archi voltaici. Non l'avrebbe mai più rivista, ma allora non lo sapeva.

Arrivò a Darmstadt il 2 agosto e fece rapporto al 5° reggimento genio. Il 3 indossava già un'uniforme verde, con insegne nere sui risvolti e spalline intrecciate bianche.

Per tutto il mese di agosto ha addestrato un plotone di soldati e sottufficiali, appositamente scelti, nei lavori di demolizione, costruzione di ponti per barche, pontoni e nella localizzazione di mine con nuove attrezzature che avevano appena ricevuto.

Durante tutto quel tempo ebbe molte occasioni per guardarsi intorno, e quando il 20 assistette a manovre combinate di carri armati, fanteria, aviazione e artiglieria, non dubitò che la Germania sarebbe entrata in guerra. Una tale spesa potrebbe essere giustificata solo se tutto quel materiale, tutte quelle migliaia di soldati perfettamente addestrati, disciplinati come macchine, fossero usati bellicosi.

Quella stessa notte scrisse una lettera a Iolande dicendole di tornare in Germania. Sapendo che i censori guardavano da vicino tutte le lettere che i tedeschi inviavano all'estero, e principalmente in Inghilterra e Francia, le disse che aveva bisogno di lei e che si sarebbero sposati appena arrivato.

Il 24 ricevette una risposta. La compagnia di assicurazioni le aveva chiesto dieci giorni per trovargli un sostituto e lei aveva l'obbligo di accontentarli. Si sarebbe imbarcato il 4 o 5 settembre. Stavo già elaborando il passaggio.

Helmuth deglutì. Il primo tenente Remer, che condivideva la sua camera da letto, lo guardò.

"Qualcosa non va?

«Non può venire per altri dieci o dodici giorni.

"Dieci o dodici giorni non contano molto" rispose l'altro, fumando una sigaretta, sdraiato sul letto.

Helmuth strinse gli occhi.

"Credi di sì? Ieri hai sentito anche il discorso del Führer.

"Non ha detto che la guerra sarà dichiarata tra dieci giorni.

Il tenente Remer era un grande ingegnere, ma non si fermava mai a pensare. Obbedì agli ordini e, pur non appartenendo all'esercito regolare, non commentò, come altri riservisti, gli ordini e la situazione politica.

Uscirono in strada dopo aver mangiato. La caserma era situata vicino alla stazione ferroviaria. Helmuth si fermò su una delle piste, da cui si vedevano i capannoni della stazione, al bivio per la linea di Francoforte.

"Guarda" disse semplicemente.

Un enorme convoglio, di una trentina di auto, era appena entrato nel bivio. I carri erano ricoperti da teloni molto stretti, ma a uno sguardo esperto non poteva sfuggire cosa contenevano. Erano pistole di piccolo calibro.

"Così, giorno dopo giorno", ha detto. Tutti quei treni sono diretti al confine francese.

"Quei maiali non ci coglieranno alla sprovvista, beh," replicò Remer accendendosi una sigaretta.

"Non si tratta di questo". Il punto è che il potere di un Paese come il nostro non si mobiliterebbe in questo modo se non ci fosse una ragione che lo giustificasse pienamente.

"Penso di sì" rispose l'altro, pacificamente.

Helmuth stava guardando le carrozze. Soldati vestiti di verde, con stemmi di artiglieria rossi sul risvolto, vagavano tra i binari e presero d'assalto la mensa. I loro ufficiali guantati, i loro berretti con la visiera alti sul davanti e appiattiti sui lati, i loro impeccabili guerrieri, tutto questo li faceva sembrare marziali e tremendamente efficaci.

Continuarono a camminare verso la periferia, verso il campo. Jet da combattimento attraversarono rapidamente il cielo, volando in formazione da combattimento. Entrambi gli ingegneri alzarono lo sguardo. Di nuovo quell'ondata di orgoglio stava invadendo di nuovo Helmuth. Era troppa forza per resistere impassibile. Il potere sale alla testa, come il vino. Non importa quanto tu possa essere contro la guerra, quando senti il tamburo, stabilisci il ritmo.

La voce di Remer lo riscosse dalle sue fantasticherie.

"È inutile che continuiamo a preoccuparci. Né l'Inghilterra né la Francia cederanno ai logici desideri tedeschi. Neanche la Polonia, quella stupida nazione, focolaio di discordie nella sua storia, cederà. Dovremo quindi prenderlo. Il Führer lo ha detto e deve sapere bene cosa sta dicendo.

"Che urla.

"Come desidera.

Continuarono la loro passeggiata. Il braccio gli faceva male per aver ricambiato i saluti o averli offerti. Le strade di Darmstadt sembravano aver perso tutti i loro connazionali o li avevano sostituiti con i militari.

La sera, tutti e due fuori servizio, erano in una discoteca di Goethestrasse. Sembrerebbe che la furia della guerra fosse arrivata lì. Gli animatori, i cartoni animati, cantavano canzoni che alludevano a Francia, Inghilterra e Polonia, con battute che diventavano sempre più rosse man mano che la notte avanzava. Le solite ragazze erano appese al braccio degli ufficiali, ammirando le loro nuove spalline, i loro stivali pesanti con i pantaloni infilati dentro.

Remer invitò due delle ragazze, che si precipitarono a sedersi al suo tavolo. Ordinarono champagne, ma Helmuth leccò a malapena il bicchiere.

"Cosa c'è che non va in questo?" chiese uno di loro mentre l'orchestra imbrigliava valzer dopo valzer e marcia dopo marcia, perché la musica americana era stata bandita." È morto qualcuno?

"Nessuno. È il suo carattere preoccupato" rispose Remer, che cominciava ad essere ubriaco.

Ha versato un bicchiere di champagne lungo la scollatura della ragazza e lei ha urlato. Helmuth, disgustato, si alzò in piedi.

"Vai? chiese Remer.

"Sì. Mi dispiace. Non ho voglia di divertirmi. Fatelo voi.

I capelli di uno dei buscona gli avevano presto ricordato quelli di Iolande, e gli facevano pulsare il petto. Stava annegando in quell'atmosfera di urla, fumo e gioia fittizia.

È uscito in strada. Sulla strada per la caserma si imbatté in gruppi di soldati che camminavano a testa bassa. Guardando le loro facce, le facce di contadini onesti, pensò che qualcosa non andava. Non tutti dovrebbero volere la guerra in Germania.

La mattina dopo furono convocati con circolare ordinanza del colonnello. L'intero reggimento si schierò in una piazza nell'immenso cortile, con gli ufficiali in mezzo.

Il colonnello, Von Luvowitz, stava in piedi in mezzo, sciabola al fianco, testa alzata.

"Ufficiali del 5° Reggimento Genio, 32° Divisione Reichwehr! Soldati! Devo informarvi che, abusando della buona fede delle nostre autorità di reclutamento, un indesiderabile ha convissuto per un mese con tutti voi, con tutti noi... Questo reato non mancherà di una giusta punizione.

«Cosa è successo? chiese Helmuth a un sottotenente al suo fianco.

"Ma non l'hai scoperto ieri sera?

"Ero fuori.

«Tenente Kronberg. Si è scoperto che è ebreo.

Helmuth rabbrividì. Kronberg. Sapevo poco di lui. Gli aveva parlato diverse volte e solo di sfuggita. Era un ottimo ingegnere, come tutti dicevano. E ora si è scoperto che era ebreo.

Un uomo aveva fatto diversi passi avanti, all'interno del quadro degli ufficiali. L'aiutante Hauptmann von Rezske avanzò verso di lui, i tamburi che risuonavano cupamente. Rezske, con due colpi secchi, gli tolse le spalline e poi lo schiaffeggiò, mentre l'altro rimase sull'attenti. La voce del colonnello continuava a risuonare, uno strillo acuto, ma Helmuth udiva a malapena quello che diceva. Aveva occhi solo per il viso livido e sbalordito di Kronberg.

Il colonnello smise di parlare. Due soldati si posizionarono ai lati dell'ex tenente e, seguendo il ritmo ammaliante del tamburo, emersero dalla formazione. Un attimo dopo ruppero i ranghi.

Helmuth tornò nella sua stanza e crollò sul letto, ancora intontito, con la nausea. Remer lo aveva seguito.

"Beh, un ebreo in meno" disse filosoficamente. La Gestapo si prenderà cura di lui ora. Tuono, non puoi fidarti di nessuno! Ho bevuto qualcosa con quel tipo. E ora si scopre che era un maiale ebreo.

Helmuth non rispose.

Al 31 agosto non aveva ancora ricevuto notizie da Iolande. Nella prima mattinata del 1 settembre, gli altoparlanti delle diverse unità della caserma cominciarono a ululare. Tutti alzarono la testa stupiti. L'annunciatore annunciò che il Führer tedesco avrebbe parlato alla sua gente.

E poi, con la voce dell'uomo con i baffi tagliati e la ciocca di capelli sulla fronte, hanno sentito la notizia. L'esercito tedesco, ignorando il suo ultimatum, aveva appena attraversato il confine polacco.

La lettera raggiunse Helmuth Frick nel vagone ferroviario, dove stava viaggiando verso il confine polacco a Jena, due giorni dopo. La lettera era datata 31 agosto e in essa Iolande le diceva che non poteva lasciare l'Inghilterra, perché le procedure per il visto d'uscita erano state abolite. E le annunciò anche, in righe bagnate di lacrime, che il piccolo Helmuth o la piccola Erminia sarebbero nati, se non fosse successo qualcosa ad impedirlo, nell'aprile dell'anno successivo.

Remer si avvicinò al suo compagno. Nel suo modo un po' rude, aveva un buon cuore e si era affezionato al suo amico.

"Cosa stai facendo, piangi? Non è il momento, amico. Ci stanno aspettando in Polonia, ma se questo ti rende felice... puoi appoggiarti alle mie spalline per piangere più comodamente. Ragazzo, ragazzo, posso fare qualcosa per te?

Intorno a loro c'era una vasta pianura i cui campi erano stati falciati per due mesi. La linea ferroviaria si stendeva davanti a loro, come un nastro levigato, luccicante ai raggi del sole. Erano in un piccolo villaggio, il cui nome slavo Helmuth non riusciva a pronunciare. Questa ferrovia portava direttamente a Lodz e poi a Varsavia.

L'aria era già fresca, anche se il sole splendeva in alto. Erano stati destinati a ricostruire la strada, fatta saltare in aria dai polacchi nella loro ritirata.

Le truppe tedesche avanzavano a una velocità di trenta chilometri al giorno. Davanti a loro, le truppe polacche sarebbero indietreggiate, combattendo furiosamente, ma con assoluta impotenza di fronte al potere tedesco.

In modo continuo arrivavano alla stazione i treni carichi di truppe. Una breve sosta per rifocillarsi e proseguirono la loro marcia verso l'Oriente, come un diluvio irrefrenabile.

"Lascio a questi ragazzi dieci giorni per arrendersi", ha detto Remer, mentre guidava la sezione che si occupava di scaricare i nuovi binari che avrebbero sostituito quelli fatti saltare in aria dai polacchi. C'è qualcuno che vuole scommetterci?

Helmuth non gli rispose. I binari, caricati sui carri, erano partiti. Si arrampicò su di loro e Remer lo seguì.

La traccia doveva essere fissata in un tratto di quasi duecento metri. Le squadre di genieri stavano posando le nuove traversine di cemento e fissandovi le rotaie. I lavori procedevano a grande velocità.

In lontananza risuonava l'artiglieria. I carri armati tedeschi avevano violato una divisione polacca in un attacco frontale, e poi due tenaglie di fanteria circondarono i resti della divisione. Migliaia di prigionieri erano stati presi e ora si avviavano, racchiusi nelle loro logore uniformi color cachi, verso le retrovie.

Un Adler, che trasportava il comandante del battaglione ingegneri, arrivò barcollando attraverso i campi fino al cantiere.

"Tenente Remer!

«Al vostro ordine, signore comandante.

"I lavori procedono molto lentamente. C'è un treno di artiglieria che sta per raggiungere quella città. Deve succedere in tre ore.

"Quattro ore, signore comandante", rispose conciso Remer.

Il comandante esaminò i soldati che posavano le doghe e quelli che riempivano di sassi i pezzi già avvitati.

"Va bene, quattro ore, ma non un minuto di più. Quell'artiglieria deve passare. Manca davanti.

Remer abbaiò alcuni ordini ei soldati attivarono i lavori. Funzionavano come automi, con facce stanche, occhi infossati.

«Come sta andando il fronte, signore comandante? chiese Remer.

"Beh. Hai visto l'ultima formazione di aerei?

"Si signore.

"Ha completamente distrutto tutta la parte posteriore delle divisioni che ci si opponevano a Pabjanice. Lodz è in fiamme e, come mi è stato detto dal Comando Reggimentale, sulle strade oltre Lodz si vedono solo truppe polacche in ritirata. Colossale! I carri armati avanzano a tutta velocità, incontrando poca resistenza.

Scese dall'Adler e si avvicinò a Helmuth. Stava guidando un gruppo di genieri che stavano riempiendo di terra e cemento il luogo dove una mina ad alta potenza era esplosa e aveva prodotto un grande buco nel terreno.

"Frick!

«Al vostro ordine, signore comandante.

«Frick, ho parlato personalmente con il colonnello Hübner. Ti ho nominato nella parte del giorno. Il suo lavoro di distruzione a Zvice è stato un grande compito. Con la morte del tenente colonnello Clausen, sei il miglior demolitore che abbiamo nel reggimento, e l'ho affermato.

"Grazie, signore comandante.

Gli occhi del maggiore erano fissi su di lui.

"Cosa ha che non va? È malato?

«No, signore comandante. Sto perfettamente bene.

"Stanco, come tutti gli altri, immagino. Ebbene, non mi stupirei se prima di molte ore si potesse mettere un chiodo d'oro nelle loro spalline. L'ho proposto per la promozione.

"Grazie mille, comandante.

Il comandante si voltò e si diresse verso Remer.

"C'è qualcosa che non va con il sottotenente Frick? Ha chiesto a bassa voce. Non voglio che si ammali ora. Ho bisogno di tutti i miei uomini, e anche di più se valgono per te.

"Quello che ti succede, comandante, non può essere aggiustato al momento. La sua fidanzata è rimasta in Inghilterra senza poter partire da lì. Non ha ancora preso il colpo.

"Già. Hai avuto sue notizie?

"Li aveva quattro giorni fa, quando siamo arrivati al confine.

"Beh, non è molto tempo e non credo che gli inglesi lo mangeranno. Il fatto che ci abbiano dichiarato guerra non significa che si comporteranno come selvaggi.

«Secondo la radio, sì, signor comandante.

«La radio è fatta per gli sciocchi e per gli irascibili, Remer. Possiamo dire ai tedeschi che gli inglesi sono canaglie, ma questo non significa che lo compriamo. Informa il sottotenente Frick in questo modo.

«Deve saperlo, signore. Hai vissuto in Inghilterra per diversi anni. "Si.

"Quello che succede è semplicemente che amava la sua fidanzata, non che pensi che le succederà qualcosa.

Il comandante ha deciso di restare per accelerare i lavori. Le quattro ore che aveva chiesto a Remer si trasformarono in quattro e mezza, ma alla fine, e preceduto da una locomotiva senza trascinamento, per controllare la resistenza della sezione appena costruita, il treno di artiglieria passò.

Remer e Frick lo fissarono. Enormi cannoni da 12 pollici, montati su piattaforme, passarono lentamente davanti alla sua vista. Dietro ognuno di loro viaggiava l'intero equipaggio, seduto sulle panche, fumando sigarette o guardando dritto davanti a sé.

Il cielo ha cominciato a velarsi al tramonto. Una folata di vento rinfrescato dal tramonto arruffò Frick. Remer gli porse una sigaretta.

"Il comandante sembrava un po' preoccupato per te", le disse.

"Non c'è ragione.

"Ragazzo, non hai bisogno di essere così asciutto. Non sono uno di quei tuoi amici inglesi che non hanno permesso alla tua ragazza di lasciare il paese.

Frick rivolse a lui gli occhi sprofondati nelle orbite.

"Sta' zitto, Remer.

"Io lo farò.

L'ultima piattaforma era appena passata davanti a loro. Dietro veniva un treno di truppe. Nell'aria una formazione di Messerschmidt volava bassa, come uno stormo di astori.

Il reggimento si era spostato quasi in prima linea. Erano così vicini a lui che una batteria polacca, mimetizzata in una foresta attaccata dai granatieri tedeschi, fece fuoco su di loro rapidamente ma con poca efficacia.

Avevano occupato una casa di campagna, senza dare tempo ai contadini di andarsene. Helmuth li vide mentre venivano portati via. Il padre era un uomo sulla cinquantina, con gli occhi fissi, come quelli di un uccello. La madre, folta, si coprì i capelli con una sciarpa gialla e, infine, uno stormo di bambini biondi, molto spaventati, aggrappati alle gonne della madre.

«La guerra», mormorò Helmuth, guardando il più piccolo dei bambini, un neonato di circa cinque mesi, premuto contro il seno abbondante della madre.

Le loro spalline non erano più nude. In ciascuno di essi luccicava un chiodo d'oro. Adesso lui e Remer erano di pari grado, entrambi Primi Luogotenenti.

"Hai appena scoperto la morte di Napoleone. Dai, non possiamo restare qui. Ci aspettano a Lodz. Questa è una città adesso, non un maledetto villaggio abbandonato. Ci sarà tutto lì, anche le ragazze.

Rimase un attimo in silenzio, interrotto dal gesto del compagno.

"Nessuno pretende che tu li guardi, ma suppongo che permetterai ai poveri soldati come noi di dargli un'occhiata. Quelle che ho visto finora non sono bastate per allontanare la contadina tedesca più brutta di tutto il paese.

Helmuth non rispose. In quel momento una granata polacca esplose molto vicino a dove si trovavano. I soldati caddero a terra, i loro volti pallidi. Erano in guerra solo da sette giorni, e questo non fa di nessuno un veterano.

Alla fine, due carri armati tedeschi avanzarono come mostruosi bruchi sul terreno martoriato e si posizionarono davanti alla foresta. In alto volava un aereo, inseguito dai traccianti di una mitragliatrice. Questo a quanto pare non gli ha impedito di comunicare la posizione della batteria ai carri armati, per un attimo dopo i due mostri d'acciaio hanno fatto convergere i loro colpi su un gruppo di alberi particolarmente fitto.

"Tra non molto avranno rimosso quell'ostacolo da lì" disse Remer.

Infatti, i colpi dei carri armati hanno messo a tacere la batteria leggera polacca e all'istante una sezione di fanti, armati di mauser, bombe a mano e mitragliatrici, si è precipitata nella foresta per liberarla dai soldati.

Poi è stato il loro turno. Bisognava scoprire se c'erano delle mine, perché la foresta era attraversata da una strada di secondo ordine, ma attraverso la quale dovevano passare convogli di camion.

Non trovarono mine, ma Helmuth, camminando a fianco di uno dei soldati che trasportavano i rilevatori, scoprì qualcos'altro.

Quello era passato alla fanteria. Intravide un viso giallastro, con gli occhi sgranati, che spuntava tra un gruppo di allori dalle foglie verdissime tra quelle arancioni degli altri alberi.

Ha visto anche qualcos'altro. Sotto la faccia c'era un fucile, puntato direttamente su di lui.

Estrasse la pistola dalla fondina alla cintura e sparò sugli allori. Il soldato che gli camminava accanto, rilevatore in mano, si è buttato a terra credendo di essere inciampato in una mina.

Il volto è scomparso. Helmuth si lanciò tra gli alberi che avevano nascosto l'assassino, pistola puntata, pronto a sparare di nuovo.

Là era steso a terra, con le mani sul viso. Il sangue gli colava tra le dita e il fucile giaceva accanto a lui.

Era molto giovane, quasi un bambino. Aveva appena sedici anni, ma indossava un'uniforme. Helmuth chiamò e al suo fianco apparvero due soldati.

Frick si chinò sul giovane polacco e cercò di allontanare le sue mani dal viso, ma mentre lo faceva il suo corpo cadde all'indietro. Era morto.

Apparve Remer, Luger in mano, e fissò la scena. Poi spostò gli occhi sul suo compagno Frick. Tremava violentemente. Il viso ruvido e ruvido di Remer si addolcì.

«Suppongo che sarà quello che accadrà a tutti noi il giorno in cui uccideremo il nostro primo nemico.

"Il nostro primo omicidio", disse Helmuth a mascelle serrate. "Guarda che faccia. Era un bambino. Un ragazzo, Remer! Bambino!

Avevano superato Lodz. Questa non fu una guerra, ma una serie di avanzamenti interrotti solo per un breve riposo, mentre nuove divisioni prendevano il posto lasciato da quelle che si fermavano a riposare.

I carri armati tedeschi non trovarono alcun nemico. Stendendosi a tenaglia, attaccando frontalmente, travolsero l'esercito polacco, che fino ad allora era stato ritenuto ben addestrato ed efficace. Certo, c'erano precedenti per i russi in Finlandia, ma in realtà nessuno dei capi della Wehrmacht si aspettava che la campagna polacca fosse effettivamente una gita militare.

Com'era essere.

Il reggimento di Helmuth ebbe appena il tempo di aiutare a costruire un ponte su un fiume per sostituire quello fatto saltare in aria dai polacchi in ritirata, quando dovette riparare strade dinamitate o preparare siti per pezzi di artiglieria pesante da abbandonare nelle dodici ore dopo che il fronte aveva avanzato di molti chilometri verso est.

Alla fine, quando furono a trenta miglia da Varsavia, ci fu un breve arresto. Le truppe di fanteria che avanzavano davanti al reggimento dei genieri si erano fermate. Dal punto in cui stavano pianificando una breve strada per sostituirne una che avrebbe richiesto molti più problemi per essere riparata, Helmuth e Remer osservarono i corrieri a cavallo e in motocicletta che li superavano.

La notte prima era caduta una piccola pioggia, uno dei precursori dell'autunno che presto sarebbe iniziato. La strada era piena di pozzanghere che il pallido sole non era riuscito ad asciugare. Alla sua destra era visibile il relitto di un aereo da combattimento polacco, caduto in combattimento con la Luftwafe, trasformato in un mucchio di rottami di metallo carbonizzati.

"Cosa accadrà? chiese Remer.

Si avvicinarono al comandante, che stava parlando con il colonnello e un gruppo di ufficiali. Il colonnello indicò in avanti con un indice rigido guantato di grigio.

"Un pazzo" stava dicendo. Ho appena saputo dal quartier generale della divisione. Hanno riempito quella foresta di pazzi.

I due tenenti ascoltarono. La faccia di Helmuth è stata bruciata dall'esplosione di una mina mentre venivano rintracciati. Le punte dei suoi capelli biondi erano state bruciate.

Il capitano di una batteria leggera, il cui sito era stato appena posizionato sul crinale, si asciugò la sigaretta dalle labbra e sorrise ferocemente. La sua tunica era sbottonata, mostrando il petto villoso.

"Va bene" disse. Loro sono pazzi. E se questo non è il tuo canto del cigno, sono disposto a mangiare dieci razioni da campo di fila. Ma non sono in pericolo. Sarà il suo canto del cigno.

"Cosa sta succedendo? Remer ha chiesto al capitano della sua compagnia.

"Vedi quella foresta, Remer?

Indicò un chiaro bosco di betulle, faggi e pini davanti a loro, a una distanza di circa mille metri.

Tra la foresta e il poggio dove si trovavano potevano vedere diverse file di soldati tedeschi, disposte a semicerchio. Le mitragliatrici brillavano al sole. Piccoli gruppi di carri armati e batterie leggere si potevano vedere a spazi di circa duecento metri.

Remer annuì.

«Be', l'aviazione ci dice che ci sono notevoli forze di cavalleria lì. Se il canyon tacesse, potremmo sentire da qui il nitrito di tanti cavalli quanti sono bloccati tra gli alberi.

"Cosa hai intenzione di fare? chiese Helmuth molto pallido.

"Non lo sappiamo. Quello che sappiamo è che la fanteria polacca si è già ritirata, ma quella cavalleria è rimasta lì.

Come se all'improvviso fosse stata concordata una sorta di tregua, il cannoneggiamento tacque. E da lontano, con straordinaria chiarezza nell'aria calma, si udì il suono di una tromba.

Helmuth prese il binocolo e guardò attraverso di essi. All'istante la foresta cessò di essere una massa scura ai suoi occhi per risolversi in una serie di alberi dai rami pieni di foglie verdi e rosse.

Tra i ceppi distinse fugaci lampi, ma non erano spari. Era metallo scintillante ai raggi del sole.

Un altro clarinazo, un altro, un vero concerto, diluito dalla distanza. E poi di nuovo il tuono del cannone. La pausa era finita.

"Hanno già le mitragliatrici montate" disse il capitano d'artiglieria guardando le file dei soldati tedeschi.

"E noi", rispose il colonnello degli ingegneri, i cui baffi grigi tremavano d'impazienza, "abbiamo preso la posizione migliore." Signori, abbiamo scatole di proscenio.

Helmuth strinse il binocolo con gli occhi, lottando per acuire ancora di più la vista, cosa impossibile adesso. Remer tirò fuori i suoi e li sollevò.

La foresta sembrava prendere vita. Fu improvviso, come se gli alberi avessero improvvisamente iniziato a camminare in una rappresentazione di Macbeth.

Innanzitutto, una linea, verde e marrone. Le uniformi sono verdi ei cavalli marroni. Helmuth lo osservò avanzare, prima liscio e poi ondeggiante, mentre i cavalli più veloci superavano gli altri.

E dietro, un altro azzurro.

"Attaccano a squadre" disse il colonnello degli ingegneri.

"Meglio per le mitragliatrici" rispose il capitano d'artiglieria, dirigendosi lentamente verso i suoi cannoni, accanto ai quali gli artiglieri stavano fermi, la testa alzata, gli occhi nascosti dalla visiera degli elmi quadrati.

"Pazzo", disse Remer sinistramente. Pazzo. Stanno attaccando a ranghi ravvicinati.

"Pazzo o suicida", rispose Helmuth. I suoi gemelli si sono appannati e li ha tirati giù per pulirli con un fazzoletto sporco.

Non c'erano più due linee che erano uscite dalla foresta, ma quattro.

E il quinto si stava avvicinando.

Uno degli uomini armati, con in mano una radio portatile, se la portò all'orecchio. Poi lo consegnò al capitano.

"Pronto" ha detto questo. Si portò di nuovo la sigaretta alle labbra e si chinò sul telemetro.

"L'intera cavalleria polacca è lì", disse il colonnello. Una goccia di sudore si era posata sui suoi baffi e sembrava che stesse cadendo da un momento all'altro. La tensione aveva preso tutti. Helmuth udì un sussulto al suo fianco. Era Remer.

«Inizia il prima possibile», mormorò. Appena possibile, accidenti, inizia ora. Cosa ti aspetti?

Ora la pianura davanti a loro era diventata una densa massa policroma. Lancieri con i loro strani berretti di diamanti, draghi, ussari, corazzieri, cacciatori a cavallo... Migliaia erano usciti dalla foresta e si stavano precipitando come una valanga sulle linee tedesche.

Il terreno tremò sordo. Helmuth lo sentì sotto gli stivali.

"Un quadro dei tempi di Napoleone", rifletté il colonnello. "Signori, siamo tornati indietro nel tempo. Quei pazzi indossano le loro divise eleganti.

"Il canto del cigno" disse il capitano d'artiglieria, finendo di manovrare sul telemetro.

"Un suicidio di massa", rispose Helmuth.

Il capitano alzò il braccio e lo abbassò. Il batterista iniziò a parlare.

Da destra, da sinistra, altri sono entrati in parlamento. Helmuth osservò le granate esplodere attraverso la cavalleria polacca, aprendo radure al suo interno. Ma i cavalieri stavano di nuovo serrando i ranghi e continuando la loro vertiginosa marcia in direzione delle linee dei granatieri tedeschi. Si stavano avvicinando, erano a meno di cento metri dalla prima linea.

"E adesso" disse il colonnello "le mitragliatrici. Forza, andiamo da loro, ragazzi.

Sembrava che avesse dato lui stesso l'ordine. Il fumo si levava dalla prima e dalla seconda linea di soldati tedeschi.

Helmuth non si sarebbe tolto i gemelli dagli occhi per niente al mondo. Sembrava che la sua vita dipendesse da questo.

La prima fila di cavalieri cadde a terra, uomini e cavalli si arrampicarono in mucchi confusi. Le mitragliatrici sparavano incessantemente, estenuante nastro dopo nastro, tamburo dopo tamburo.

La seconda fila è stata falciata come una gigantesca falce. Il terzo inciampò sui cadaveri e aumentò la confusione.

"È orribile, è orribile..." mormorò Helmuth come una litania. È terribile. Questo deve finire...

Ma non si è fermato. No, finché l'ultima fila di uomini e cavalli non fu a terra. Ma la cosa più orribile di tutte è che quei mucchi di carne umana e di cavallo non erano fermi. Non erano bambole. La cosa più spaventosa è che si muovevano, è che si potevano vedere cavalli che cercavano di rialzarsi, uomini che scappavano in ginocchio dal massacro.

E tutto in silenzio, perché il ruggito dei tamburi che suonavano al fianco di Helmuth copriva i nitriti brutali, le urla da capogiro, i gemiti, le imprecazioni. Era un film muto che si svolgeva davanti agli occhi del pubblico.

Il capitano dell'artiglieria ascoltò la radio e alzò la mano. La batteria si spense improvvisamente, ma il suo ruggito continuò a rosicchiare le orecchie di Helmuth per un po'.

«È finita», disse all'improvviso il colonnello ingegnere. Che diavolo faranno quegli uomini?

Dalle file tedesche erano usciti una cinquantina di soldati, incurvati sulla schiena sotto il peso dell'apparato.

"Quello" disse lentamente il capitano di artiglieria. Sono lanciafiamme.

"No! Urlò il colonnello. La sua bocca si aprì e si chiuse come quella di una tragica bambola". Non può essere! Siamo soldati, non macellai!

Un denso silenzio si diffuse nel gruppo di uomini. Tutti guardavano con occhi sorpresi le manovre dei soldati, lì in lontananza. Un guardiamarina cadde in ginocchio e cominciò a pregare ad alta voce:

"Padre nostro che sei nei cieli...

Una fiammata brutale, cinquanta lingue di fuoco, eruttò dai lanciafiamme e si diresse come uncini verso i corpi dei cavalieri. Un urlo agghiacciante, che sprofondava nell'aria come un coltello...

Helmuth voltò le spalle e vomitò. Il colonnello gridava qualcosa che non si capiva, perché non diceva parole, ma frammenti di esclamazioni, di imprecazioni, che non finivano.

I lanciafiamme hanno interrotto i loro getti, per riaprirli. Di nuovo le dita infuocate, le punte affamate dei getti di gas, caddero su quella massa fumante.

"La guerra" disse il capitano di artiglieria.

"Non mio", rispose il colonnello. Non mio! Urlo che questa non è la mia guerra! lo urlo!

"Per quel che vale" disse un ingegnere maggiore, molto pallido, come se stesse per vomitare anche lui all'improvviso "ti dirò che ho visto quei lanciafiamme due ore fa. I soldati che li portavano erano SS

"Non funziona per me! "Il colonnello ululò." Nessuno di noi, militari di professione, illustri specialisti! Non ci serve! Perché chi ha dato quell'ordine che riempie di merda l'intero esercito tedesco?

E nessuno poteva rispondergli.

O non voleva.

Varsavia era caduta il 29 settembre. L'esercito russo, che aveva iniziato l'occupazione della Polonia ad est il 17, avanzò incontro ai tedeschi. Preso tra i due colossi, il Paese cedette. La notizia della resa raggiunse il tenente Helmuth Frick in un ospedale di Varsavia, dove era in cura un braccio ferito da una scheggia nella battaglia per la capitale polacca.

E ha anche ricevuto una lettera, che gli è stata portata dalla Croce Rossa svedese. Iolande era stata internata in un campo di concentramento femminile, da qualche parte in Inghilterra.

E poi inverno. Poi l'invasione della Danimarca e della Norvegia. La battaglia per quest'ultimo, in cui l'esercito tedesco ha sopraffatto le forze di spedizione inglesi e francesi. Quando tutta la Norvegia fu pacificata, Frick sfoggiò due chiodi nelle sue spalline. Era un capitano.

E sapeva anche che a quel tempo, nell'aprile 1940, Iolande doveva essere già madre, o stava per esserlo. Ma solo il 1 maggio ricevette di nuovo notizie dalla Croce Rossa. In essi venne informato che Iolande Zermatt era morta pochi giorni prima dando alla luce una bambina, il cui nome era Hermine.

Con gli occhi asciutti, ma circondato da linee tormentate, il capitano Frick riuscì a vedere un colonnello svedese, rappresentante della Croce Rossa. Per questo ha dovuto superare alcune procedure, ma l'aiuto dell'ex colonnello del suo reggimento, ora generale di brigata, è stato prezioso. L'incontro si è svolto a Berlino, nell'edificio della Croce Rossa. Il colonnello svedese lo accolse gentilmente.

"Sapete già che difficilmente possiamo dare alcuna informazione particolare. Ci è severamente vietato. Possiamo solo portare e portare notizie personali che non compromettano affatto nessuno dei concorrenti.

«Ma, colonnello, lei era in Inghilterra, vero?

Il colonnello Gustavsson, un uomo di statura gigantesca, dal corpo secco e dai lineamenti preoccupati, lo fissava.

"Sì.

"In questo caso particolare, sei riuscito a vedere la donna in questione?

Chiamare la donna in questione Iolande, la sua Iolande, sembrava una burla ridicola, una presa in giro.

"Sì.

"Perché è morto?

"Mi dispiace, non posso dirtelo. Ma posso assicurarti che hai una ragazza molto bella. Una creatura adorabile.

Colonnello, si rifiuta di dirmi quali sono state le cause della morte di Fraülein Zermatt?

«Non che io rifiuti, capitano Frick. Semplicemente non li conosco. Mi dispiace. La nostra missione è...

"Portano e portano notizie. E se sono cattive, meglio" rispose amaramente Helmuth. Poi, vedendo il rimprovero negli occhi azzurri dello svedese, aggiunse.

"Scusa. Fai quello che puoi.

Il colonnello uscì da dietro la scrivania e le mise una mano sulla spalla. Helmuth era alto, ma l'altro distava quasi venti centimetri.

«Capisco, capitano Frick. Lascia che ti dica una cosa: se una delle parti in causa avesse il minimo sospetto che siamo stati di parte nella nostra missione, sarebbe in pericolo, e molte persone si fidano di noi per correre questo rischio.

"Mi scusi, colonnello. Potrei... potrei almeno sapere di chi è la ragazza? E non potrebbero portarla in Germania?

"Posso dirvi che siete in buone mani, Capitano. In ottime mani. Me ne sono occupato io stesso. Ho chiesto di essere affidata a una famiglia svedese che si sarebbe presa cura di lei volentieri, una famiglia residente in Inghilterra, ma a quanto pare c'era una famiglia inglese che l'aveva rilevata. Mi dispiace, perché quella famiglia svedese avrebbe potuto portarla nel mio paese e da lì portarla in Germania. Hai una famiglia?

«No, ma io... ma Fraülein Zermatt sì. Penso, almeno, lo fa. Non li sento da un po'. Certo che... vorrei tenere la ragazza vicino a me. Questo è impossibile durante la guerra, ma lo risolveremmo.

"Purtroppo, come ti ho detto, una famiglia inglese l'aveva rilevata. Tuttavia, ti prometto, capitano, che farò del mio meglio per far viaggiare la ragazza in Svezia. Con tutti i mezzi alla mia portata.

"Grazie, colonnello.

Ma fu un capitano tedesco, che lavorava negli uffici della Croce Rossa tedesca, a dargli la notizia che Gustavsson non aveva voluto dargli. E poi ha capito perché.

"Fraülein Zermatt è morta in un ospedale in Cornovaglia", ha detto a Helmuth, dopo avergli estorto la promessa che non avrebbe rivelato le fonti dell'informazione. Un'infermiera l'ha trascurata volontariamente quando ha sofferto di febbre puerperale, e ha anche detto che se fosse morta, sarebbe stata una boche in meno e che a nessuno importava. stato sanzionato o meno, ma quello che so è che nessuno con la minima particella di umanità lo farebbe e sai, non ho detto niente.

Frick emerse dall'edificio della Croce Rossa a un ritmo automatico, a testa bassa, con la mente vuota. Tanto che si è dimenticato di salutare un tenente colonnello e ha puntato i piedi e gli ha dato una bella battaglia. Si scusò e si diresse dritto in caserma. Non rivelò a nessuno ciò che aveva appena appreso, ma da quel momento non fu più lo stesso uomo.

Faceva il suo dovere con zelo, quasi fanatismo, e quando pochi giorni dopo le truppe tedesche entrarono in Belgio, Lussemburgo e Olanda, il capitano Frick era in prima linea, partecipando alle demolizioni dei forti belgi. Quando i tedeschi raggiunsero l'Atlantico, lasciando le forze francesi, i belgi e l'intero esercito di spedizione inglese in una gigantesca borsa, Frick portava sulle spalle le spalline intrecciate di un comandante.

Poi, dopo il 21 giugno, data della capitolazione della temuta Francia, iniziò una breve parentesi.

"Siediti comandante" disse il generale indicandogli una sedia. Era una bellissima giornata estiva. Attraverso la finestra si potevano vedere la Senna e la Torre Eiffel dall'altra parte del fiume. Per le strade c'erano poche persone in borghese, ei pochi che si vedevano, passavano veloci, guardandosi intorno sospettosi. I parigini non erano ancora abituati all'idea che la loro amata città, la loro Paname, fosse occupata dai tedeschi e che le leggi tedesche dovessero essere rispettate, nonostante la correttezza e il buon trattamento delle forze di occupazione.

"Ti ho chiamato perché ho avuto ottime referenze da te, comandante Frick" continuò il generale.

Era un uomo grassoccio con una faccia rasata e folte sopracciglia. Dietro i suoi occhiali a conchiglia brillavano due occhi acuti e penetranti.

Grazie, mio generale.

«Il tuo capo, il generale Curtius, mi ha detto che sei uno dei migliori specialisti in demolizioni che ha. Sarò più preciso: il migliore.

Grazie, mio generale. Sto solo facendo il mio dovere.

"Questa non è la mia notizia. Ti spingi troppo oltre nella linea del dovere. Mi dirà che questo è l'obbligo di un soldato in tempo di guerra, e io gli risponderò che alle persone che eccedono l'adempimento della loro missione sono affidati incarichi di maggiore responsabilità, di massima responsabilità, aggiungo.

«Grazie, mio generale, ma...

L'altro alzò la mano in aria.

«Abbiamo studiato il suo fascicolo, comandante. L'abbiamo studiato con attenzione, quindi ci sono molte proteste inutili. Abbandonerai, anche temporaneamente, il Quinto Reggimento Ingegneri, dove hai messo a dura prova le tue capacità. È richiesto altrove.

Helmuth rimase in silenzio. mi aspettavo.

"Non dubito che tu sia a tuo agio tra i tuoi ex compagni, i tuoi ex capi, ma il paese ha bisogno di te. Sei un soldato e devi obbedire, anche forse senza capire gli ordini.

"Sì, mio generale.

"Ti unirai a un'unità speciale. Il tuo lavoro, comandante Frick, sarà assolutamente segreto. Non dovresti parlarne con nessuno, con nessuno, capiscilo bene.

«Capisco, mio generale.

"Lì riceverai le istruzioni necessarie, che non mi riguardano più. Riceverai la lettera di vettura entro due giorni. Questi due giorni sono dedicati a voi per divertirvi in questa Parigi che non ha ancora recuperato il suo aspetto, ma che, senza dubbio, vi offrirà tanto divertimento.

«Se non le dispiace, mio generale, vorrei unirmi al mio nuovo incarico il prima possibile. Non ho bisogno di quella pausa.

«No, no, Frick, anche questi sono ordini. Riposa, divertiti. Sei stato ferito a un braccio durante la campagna polacca, vero?

«Sì, mio generale, ma questo è solo un ricordo. Imperfetto.

"Comunque, fallo. Lo sai già. Tra due giorni, il 2 luglio, riceverai la tua lettera di vettura. Adesso...

Tese la mano. Frick lo strinse, si mise sull'attenti e salutò rigidamente. Poi ha lasciato l'ufficio.

Parigi. Era già stato diverse volte in città, prima della guerra. Era un posto che gli piaceva, ma non ora, quando le sue strade erano deserte, tranne che per i gruppi di soldati tedeschi che, macchina fotografica in spalla, viaggiavano da nord a sud e da est a ovest. Quando quasi tutti i teatri e i luoghi di spettacolo erano chiusi o cominciavano timidamente ad aprire i battenti.

Due giorni. Cosa fare durante loro? Pensò a Remer, ma Remer, promosso comandante insieme a lui, aveva le sue idee su cosa fosse il divertimento, e quelle idee non corrispondevano allo stato d'animo di Helmuth.

Sì, c'era qualcosa che poteva fare. La Croce Rossa. Quella Croce Rossa che lo perseguitava. Chiese l'indirizzo di Parigi e quella stessa mattina si trovò davanti a un imponente edificio con i tetti di ardesia in rue Lafayette. Entrò e fu accolto da una giovane donna svizzero-tedesca, con i capelli castani e un simpatico sorriso.

"Non c'è niente per te", ha detto dopo aver esaminato alcuni file ed elenchi.

Colonnello Gustavsson, non è a Parigi?

"No, non è a Parigi in questo momento.

"Non posso sapere...?

"Dov'è? Mi dispiace molto, ma non possiamo rivelare questa informazione.

"Puoi almeno fargli sapere che ho chiesto di lui? È lui che è al corrente della mia faccenda.

"Certo. Ti faremo sapere il prima possibile.

Lasciò i segni a cui avrebbero potuto avvisarlo, se ci fossero state novità, e lasciò l'edificio. Rimase sulla porta, irresoluto. Dentro era vuoto e provava solo una specie di curiosità impersonale per la nuova destinazione, alla quale avrebbe dovuto raggiungere in due giorni.

Mangiò in un piccolo ristorante, dove c'erano altri ufficiali tedeschi, apparentemente annoiati quanto lui, e passò il pomeriggio a vagare per le strade deserte. Ogni tanto passava davanti a reparti tedeschi che marciavano lungo la strada, segnando il passo, facendo tintinnare il marciapiede con i loro pesanti stivali da campo. Superò l'Arco di Trionfo, attraversò il Trocadero, percorse i boulevard...

E sempre con quella dolorosa sensazione di solitudine ininterrotta. Niente a cui pensare tranne Iolande e la piccola Hermine... Era ancora viva? Iolande... morta, uccisa dall'abbandono di una risentita donna di un paese che si era vendicata di una povera donna per i suoi risentimenti contro un altro.

A poco a poco l'indifferenza si trasformò in odio. Un odio freddo e mortale, come una spada. Era necessario che facesse del male a queste persone. Molti danni, il più possibile.

Sfortunatamente, non gli fu permesso di prendere le armi per vendicarsi personalmente, ma c'erano altri mezzi. Non solo con una pistola, con una baionetta si può ferire chi ci fa del male. Ci sono altri mezzi. Un sacco di. Ed era obbligato a trovarne uno.

La mattina dopo, con la prospettiva di un altro giorno di vuoto davanti a sé, e chiedendosi se non sarebbe stato meglio cercare di ottenere la road map per rientrare, ricevette nella caserma, che era stata provvisoriamente installata a Passy, la notizia di questo la Croce Rossa aveva un messaggio per lui. Ottenne l'autorizzazione necessaria per usare un'auto e si diresse verso rue Lafayette. La stessa ragazza svizzera lo frequentava.

"Ho qualcosa per te" disse con il suo sorriso attraente. È un messaggio del colonnello Gustavsson. Personale.

Helmuth allungò la mano, che tremava. La ragazza gli ha dato un foglio. Scritto c'erano diverse righe.

"Caro comandante Frick, mi dispiace informarla che tutti gli sforzi fatti per affidare sua figlia nelle mani della famiglia svedese di cui le ho parlato sono stati inutili. La famiglia che attualmente la ospita si è rifiutata di farlo, ma vi posso assicurare che la bambina sta perfettamente bene ed è accudita come se fosse la vera figlia della coppia. Rinnovo i miei sentimenti per il fallimento delle trattative e resto attento a voi. Sven Gustavsson. "

La creatura... cioè, Erminia, sua figlia. Frick appallottolò la carta tra le dita forti. La ragazza svizzera lo guardò con un'espressione di pietà.

Brutte notizie, comandante? "Chiedo.

"Sì", rispose distrattamente. "Per gli inglesi.

"Come, comandante? t

"No niente.

Di nuovo gli inglesi. La famiglia che ce l'ha... si rifiuta di restituirlo. Ma con quale diritto?

Per cosa possono amare una bambina? Cosa stanno cercando di fare con esso? Vendicarsi di me perché sono tedesco?

I suoi occhi brillarono di una fiamma che fece trasalire la giovane donna.

"Possiamo... posso aiutarti con una cosa, Comandante?

"No grazie.

Tornò in sé con uno sforzo.

"Mi dispiace. No, grazie mille, non credo che tu possa aiutarmi. Oppure... Forse sì. Devo lasciare Parigi e forse nel luogo dove sto andando non potrò ricevere notizie, se ce ne sono. Saresti così gentile da farle inviare al generale von Berthold al comando militare di Parigi? Lui saprà come farle arrivare a me.

«Certo che lo sono, comandante.

La ragazza prese un rapido appunto su un taccuino e alzò lo sguardo su di lui.

"Sei solo, comandante? "Chiedo.

"Molto solo.

C'era un'espressione di compassione negli occhi marroni. Se l'immagine di Iolande e di quella figlia che non conosceva non fosse stata costantemente davanti agli occhi di Helmuth, avrebbe chiesto alla giovane donna se anche lei fosse sola e se non potessero unire la loro solitudine l'ora precisa per cenare e andare a teatro . Probabilmente avrebbe detto di sì. Ma Helmuth gli strinse la mano, fece un cenno e se ne andò. Lo guardò andare via con una certa delusione. Quel comandante era così giovane e bello nella sua uniforme grigioverde... Sembrava così infelice... Con un sospiro si voltò verso una donna francese che era venuta a chiedere di suo figlio, prigioniero in Germania.

L'alto colonnello, che indossava un grembiule bianco sopra l'uniforme, indicò con un dito teso.

Il mare, il mare agitato del nord, brillava alla luce di un pallido sole. Ma nei luoghi in cui la luce del sole non lo danneggiava, le sue increspature sembravano del colore del ferro. Le onde hanno assalito la passerella di cemento.

"Lo scopriremo presto", disse con un'eccitazione mal repressa. Sembrava una figura simbolica, il braccio teso, che si stagliava contro le onde grigie.

Vicino a dove si trovava il gruppo di uomini c'erano diverse baracche, collegate tra loro da passaggi in cemento. Il colonnello abbandonò il suo gesto e saltò leggermente giù dal molo.

"Andiamo", ordinò.

Stava camminando, seguito dal gruppo di ufficiali. Helmuth diede un'ultima occhiata al mare, verso il punto in cui terminava il molo. Un po' più lontano dal molo c'era qualcosa che sembrava una scatola. Ma non era tale, ma una piattaforma di cemento, con lunghi piedi di metallo affondati nella roccia viva.

In cima alla piattaforma c'era una specie di quadrilatero, anch'esso di cemento e acciaio, che formava quattro alte mura, con uno spessore che Helmuth sapeva essere di cinquanta centimetri. Cinquanta centimetri di spessore del miglior cemento made in Germany.

Un grosso cavo collegava la piattaforma alla terraferma. Due degli uomini in camice bianco avevano appena collegato quel cavo a un palo a bassa tensione.

Entrarono nella prima delle baracche. Una serie di dispositivi ne occupava tre dei lati. Davanti a loro c'erano tavoli con altri gadget. Altri uomini, alcuni in uniforme e altri in toga, stavano a guardia dei dispositivi.

Helmuth si avvicinò a uno dei tavoli e guardò in un manometro.

"Pronto? Chiese il colonnello.

«Pronto, signor colonnello.

Gli sguardi degli uomini si erano incrociati su di lui. Il colonnello alzò un braccio in aria.

"Prima fase" ordinò.

Helmuth abbassò una leva e l'indicatore tremò leggermente.

"Seconda fase" chiese il colonnello.

"Si signore.

Abbassò un'altra leva e l'indicatore si mosse di nuovo. Questa volta la piccola maniglia era molto vicina a una striscia rossa.

"Ora, terza fase!

La maniglia raggiunse la striscia rossa.

Il colonnello stava guardando fuori da una delle finestre con il binocolo. Improvvisamente il dormitorio tremò, le sue fondamenta sembravano muoversi e Helmuth afferrò il bordo del tavolo. Un'esplosione assordante scosse gli strati inferiori dell'atmosfera.

"Ce l'abbiamo fatta!" Gridò il colonnello." Ce l'abbiamo fatta!

Un evviva collettivo! è esploso all'interno della baracca. Helmuth lasciò il tavolo e andò alla finestra, una semplice nicchia senza vetro, dotata di una grata d'acciaio.

Guardò il mare, sopra le spalle degli altri uomini che si accalcavano per vedere.

La piattaforma di cemento era scomparsa. Intorno a dove era prima, le onde infuriavano lungo il molo.

Qualcosa si mosse furiosamente nel petto di Helmuth. Ero lì. Era quello che aspettava da tanti mesi. Quel potere spaventoso e colossale che aveva innalzato un'intera costruzione in acciaio e cemento e l'aveva quasi volatilizzata a mezz'aria.

Gli ufficiali si guardarono negli occhi e si strinsero la mano febbrilmente. Le loro bocche rimasero aperte in un sorriso stereotipato.

Il colonnello si diresse verso la porta con i suoi rapidi passi da uccello.

Avanti, signori. Lo vedremo.

Cominciò a cadere una pioggia sottile, ma a nessuno dei due importava. I loro sguardi erano fissi sull'estremità del molo. Helmuth, nonostante il fatto che molti di quegli ufficiali fossero di grado superiore al suo, raggiunse il colonnello e corse al suo fianco. Ne aveva certi diritti e tutti lo riconoscevano così.

Quando raggiunsero la punta della passerella, si fermarono. La pioggia fine impediva una visione perfetta; ma davanti a loro, senza dubbio, c'era una sbarra d'acciaio che emergeva dalla superficie del mare.

"Come se un coltello l'avesse tagliato" disse il colonnello "Come se fosse stato intagliato di netto.

Helmuth era così vicino al bordo da sembrare che il colonnello afferrò la sua veste.

Cosa vuoi, Frick, per fare un bagno in quest'acqua gelida? Avanti, avanti, indietro.

Gli ufficiali si erano raccolti intorno a loro. Sembravano tutti come se quella fosse l'unica cosa che potevano fare.

"Questo è lavoro per subacquei", disse il colonnello. Gottlieb, prendine due e chiedi loro di campionare il materiale. Fai segare l'estremità di due travetti d'acciaio e portali al laboratorio. Puoi farlo questo pomeriggio?

"Penso di sì, colonnello", rispose Gottlieb, tenente comandante della Marina. Prima del buio avremo i campioni.

"Allora andiamo. Frick, vieni con me.

Il colonnello Stiller aveva un piccolo ufficio nella seconda caserma. Si sistemò dietro la scrivania e prese una manciata di carte.

«Dammi le cifre esatte, Frick. Che tensione?

Frick gli leggeva i suoi appunti, mentre il colonnello li confrontava con i suoi. Quando ebbero finito, alzò la testa.

"Va tutto bene. Praticamente lo stesso. Mio Dio, avremmo potuto farlo molto prima se i media non ci avessero mercanteggiato così miseramente. Ma di fronte a queste prove dovranno inchinarsi. Non avranno scelta.

«Lo spero, colonnello.

«Be', Frick, voglio dirti che hai fatto un ottimo lavoro e che lo farò sapere ai nostri capi.

«Ho fatto il mio dovere, colonnello.

"Lo so, l'abbiamo fatto tutti, ma tu hai esagerato. Senza la vostra collaborazione oggi non avremmo visto esplodere il poligono numero uno. Sei stato tu a indicare la quantità esatta del componente X-34 e le tre fasi alternate dell'esplosione.

Vide il gesto di Helmuth.

"Nerd. Se hai intenzione di accusare la dea per caso, non farlo. Non ci sono coincidenze nella ricerca moderna. Ora sono finite. Dì agli ufficiali che festeggeremo stasera.

I suoi occhietti lampeggiavano dietro gli occhiali.

"Abbiamo champagne, fortunatamente. Le cantine francesi si sono arrese a noi insieme al loro esercito. Vedi il comandante Gottlieb e fai completare il lavoro di recupero delle prove materiali oggi.

Quella notte tutti gli ufficiali si radunarono nella baracca quattro, in sala da pranzo. Il colonnello Stiller presiedeva il tavolo, con gli occhi luccicanti, gli occhiali luccicanti e le magre decorazioni militari luccicanti.

I soldati in attesa portarono i secchi nelle cui pance riposavano le bottiglie. Stiller ha preso il primo.

«Pomméry del 1914, signori. Non è un vero colpo di fortuna?

«Ne dubito, colonnello, a meno che la sua previdenza non si chiami caso», replicò Gottlieb.

"Stiamo per brindare al successo" replicò il colonnello soddisfatto delle lusinghe. Signori.

Si alzarono in piedi, i tacchi alti che tintinnavano. Un capitano stappò le bottiglie una per una e riempì i bicchieri, che traboccarono di gioia. Bevvero e bevvero ancora.

«Signori», disse il colonnello Stiller, asciugandosi le labbra con il tovagliolo. Questo è un grande momento per noi, ma soprattutto per la patria tedesca, di cui siamo umili servitori. I nostri sforzi di oltre un anno sono stati coronati da successo. Un successo parziale, certo, visto che non abbiamo ancora raggiunto del tutto il nostro obiettivo, ma un successo di scena che ci mette di fronte alla possibilità di finire il lavoro in breve tempo.

"Spero che ora non si contraggano i mezzi per farlo" rispose un tenente colonnello con la faccia spessa arrossata dall'alcol.

"Signori" disse il colonnello. Sono stato al telefono con Amburgo. Una personalità alta, di cui ti svelerò il nome a tempo debito, visiterà molto presto questo campo.

"Evviva!

"Non ho bisogno di dirti cosa aspettarti da questa visita. Finalmente abbiamo la prova nelle nostre mani che i nostri sforzi erano sulla strada giusta. Quello che chiamiamo componente X-34, il più colossale principio distruttivo mai messo nelle mani dell'uomo, è lì, in attesa che i nostri capi ci dicano: "Andate avanti con lui".

"Evviva!

"Comandante Gottlieb, vuole dire ai signori in che stato sono stati trovati i campioni del materiale prelevato in mare dopo l'esplosione?

«Con piacere, colonnello. Il pezzo di cemento più grande che i miei subacquei hanno trovato era meno di mezzo metro cubo. I travetti in acciaio sono stati sezionati in modo pulito alle estremità. Un successivo esame microscopico ci darà maggiori dettagli, ma a prima vista la frattura appare liscia e sono sintomi di colata. All'interno dei blocchi l'acciaio è attorcigliato.

«E la piattaforma», concluse il colonnello Stiller, era lunga venticinque metri, larga altrettanti e profonda dieci. Lascio a voi i calcoli, signori, per conoscere il materiale di prova distrutto.

Evviva! perfettamente a tempo ha soffocato le sue parole. Alzò una mano in aria.

"E adesso, signori, voglio che brindiamo, come me, a un nostro collega, un uomo che ha lavorato come uno di noi, ma grazie alla sua operosità, grazie al suo, diciamo, genio! Questi ottimi risultati sono stati possibili. Signori, alziamo i calici per il comandante Frick.

Helmuth rimase seduto, mentre gli altri si alzavano in piedi e alzavano i bicchieri, fissandolo. Il suo viso era inespressivo, le pupille fisse davanti a lui, in un atteggiamento che al colonnello Stiller parve modesto.

Ma non era modestia quella che sentiva Helmuth Frick. Non era questo il pensiero prevalente. Era di gioia, una gioia fredda, ragionata, la gioia di chi dopo tanto tempo vede coronati i propri sforzi, realizza qualcosa che ha ardentemente desiderato.

Inglesi, pensò, mentre gli applausi si susseguivano. "Inglese, il tuo momento è arrivato."

Gli sembrava di vedere le folle di impiegati con i loro funghi e ombrelli diretti alla Città, gli oratori nei parchi pubblici, i contadini pacifici... Tutta quella folla, che tanto aveva conosciuto e da cui era venuto apprezzare in un altro tempo, era stato scambiato con lui in tante coperte orrende, assetato di vendetta, pieno di odio, che aveva lasciato morire Iolande affidandola alle mani di una donna risentita.

Ed erano tutte quelle maschere che avevano il loro turno di soffrire. Non solo Iolande avrebbe sofferto.

Ricordò l'estate dell'anno scorso, quando gli aerei tedeschi sorvolavano paesi e città inglesi, la sensazione di gioia che lo travolse quando seppe di villaggi rasi al suolo dalla Luttwaffe, gli Stuka che piombavano a terra come falchi. massacrando strade, piazze e autostrade, i giganteschi aerei da bombardamento che distruggono sistematicamente interi quartieri.

Sì, tutto ciò, nell'estate del 1940, lo aveva riempito di gioia, ma di una gioia alleviata dalla sensazione che questo fosse ancora poco per un popolo che aveva lasciato morire Iolande. Che l'aveva praticamente uccisa.

E ora aveva tra le mani l'arma che li avrebbe fatti soffrire ancora di più. Il suo dolore, il suo, era stato così sepolto dentro di lui, senza trovare via d'uscita, senza aver mai cercato di confidarsi con nessuno, che c'erano momenti in cui sembrava annegarlo.

Ma non lo avrebbe annegato.

No, ora qual era l'arma.

Il colonnello continuò a parlare. Non era un militare di professione, ma un fisico eccellente che era stato vestito con un'uniforme. Pertanto, non aveva riserve quando lodava il suo subordinato.

"Grazie a lui siamo riusciti a trovare la misura esatta del componente X-34, che dobbiamo ancora chiamare con quel nome mentre il segreto della sua fabbricazione deve rimanere assoluto.

"E che propongo" disse il tenente colonnello "che d'ora in poi si chiami Stillerita.

Un'ondata di piacere travolse il viso secco del colonnello.

"Non quello" disse debolmente. sono stato solo...

"Il suo scopritore", rispose Helmuth, alzandosi improvvisamente, il bicchiere in mano. "Non c'è altra persona, quindi, il cui nome meriti di più per indossare il componente X-34. Propongo che, se nei documenti ufficiali dovessimo continuare a chiamare questo rivoluzionario esplosivo con quella lettera sconosciuta, dovremmo conoscerlo tra di noi dal nome che il tenente colonnello De Beaumont ha proposto: Stillerita.

L'urrà! era fragoroso. Ci furono nuovi brindisi, ma Helmuth vi prese parte solo in modo fisico. La sua mente era molto lontana da quella piccola città di pescatori nel Mare del Nord, nell'Holstein.

Helmuth ha potuto fare un breve viaggio ad Amburgo all'inizio di ottobre. Il colonnello Gustavsson gli aveva inviato un messaggio dicendogli che avrebbe voluto parlargli. Ha chiesto il permesso di Stiller, che ha concesso a malincuore. Aveva bisogno del suo assistente e temeva che la visita di "Alta Personalità" potesse coincidere con il congedo; ma quando Helmuth gli disse che ci sarebbero volute solo dodici ore per trasferirsi nella capitale anseatica, si arrese.

Per la prima volta nella storia della guerra l'aviazione inglese aveva bombardato la città. Era stato un piccolo attacco, ma i suoi effetti erano visibili in alcune strade. Intere case furono distrutte, mostrando le loro viscere, e la popolazione, sorpresa, aveva subito abbastanza vittime.

Ma niente di tutto questo importava a Helmuth, solo in modo oggettivo. Aveva altro a cui pensare.

Il colonnello lo aspettava in un piccolo edificio che ospitava la Croce Rossa tedesca. Sembrava ancora più magro, e cerchi profondi sotto i suoi occhi gli socchiusero le palpebre. Strinse la mano di Helmuth e venne subito al punto.

«Ho visto tua figlia, comandante.

Il cuore di Helmuth ha quasi smesso di battere.

"Cosa... come sta?

«Perfettamente, perfettamente, comandante. È una bellissima bambina che deve avere adesso... un anno e mezzo?

"Si signore.

C'era una domanda stupida aleggiava nella mente di Helmuth. L'ufficiale svedese sembrò indovinarlo.

«Non conoscevo tua madre, comandante, ma conosco te. Posso assicurarti che ha una straordinaria somiglianza con te. Non prenderlo come un complimento, che sarebbe assurdo in questo momento. È molto simile a te.

Grazie, colonnello. E 'sano? Si riproduce bene?

"Te lo dico già perfettamente. La famiglia che ha lei si prende molta cura di lei. È stata mandata in campo la scorsa estate per evitarlo... per scongiurare il pericolo dei bombardamenti" ha aggiunto con una leggera esitazione.

"Capisci. Il bombardamento ha fatto molti danni lì?

«Mi dispiace, comandante Frick, ma non deve farmi questa domanda. Ci occupiamo delle persone, non dei risultati della guerra. Quello che mi chiedi si scontra con la nostra posizione di assoluta neutralità.

"Capisci. Quanto alla ragazza...

"Ho cercato di convincerli a consentire la loro spedizione in Nord America, come stanno facendo con tante migliaia di bambini inglesi. Devo confessare che la famiglia che l'ha ospitata si è rifiutata di lasciarla andare. Sembrano essere affezionati a lei.

"Così affezionato che non vogliono lasciarti vivere in un posto dove non c'è pericolo, vero? chiese Helmuth aspramente.

«Non guardarlo da quell'angolazione, comandante.

"Beh, da quale dovrei guardarlo? Negli Stati Uniti, che è un paese neutrale, sarebbe al riparo dalle bombe...

Vide o credette di vedere la risposta nell'espressione del colonnello. Sì, al riparo dalle bombe tedesche, deve pensare. Dalle bombe dei compatrioti di suo padre.

È stato tagliato a secco.

«Be', non mi resta che ringraziarla, colonnello. Sei stato straordinariamente premuroso con me, dato che molte persone hanno bisogno dei servizi della Croce Rossa Internazionale.

«Facciamo quello che possiamo, comandante. È nostro obbligo. C'è molta sofferenza, e se riusciamo solo ad alleviare un po'... ci consideriamo felici.

"Grazie ancora.

"Ti terrò aggiornato in caso di un nuovo evento, Comandante.

"Grazie.

Helmuth gli strinse la mano e lasciò l'edificio. Al comando trasporti ha ottenuto un'auto, tramite l'apposito pass che gli hanno fornito prima di ottenere il permesso. In essa percorse gli scarsi cento chilometri che lo separavano dalla sua base.

Il colonnello Stiller lo stava aspettando nel laboratorio di prova, un seminterrato costruito con muri di cemento dello spessore di un metro e ottanta, intrecciati con una spessa rete metallica. L'aerazione era prodotta da potenti ventilatori che espellevano il fumo e l'aria utilizzata da fori abilmente praticati in una piccola scogliera per non attirare l'attenzione degli aerei inglesi.

«Ah, Frick, sono contento che sia tornato adesso. Hai risolto il tuo problema?

«In parte sì, colonnello.

"Sono contento. Frick, ho studiato la tua idea. In linea di principio mi sembra buono, ma avremo un po' di difficoltà ad attaccare il componente X-34, lo Stillerita, come lei così gentilmente insistette per battezzarlo "aggiunto con arrossire piacere", alle piccole granate.

In laboratorio era vietato fumare. Il colonnello tirò fuori una sigaretta, guardò il cartello di divieto e prese il braccio di Frick.

«Andiamo fuori. Se non fumo una sigaretta non servirò a niente per diverse ore. Vieni con me.

Erano sulla scogliera. Operai e soldati stavano erigendo una nuova piattaforma sulla punta del molo. Enormi tubi d'acciaio erano incastonati tra le rocce sul fondo del mare, che in seguito sarebbero stati riempiti di cemento per sostenere la piattaforma.

Il colonnello Stiller soffiò alcuni sbuffi di fumo nel mare, mezzo coperto di nebbia.

"Dato che il nostro obiettivo originale era usare la Stillerite come esplosivo da demolizione, nessuno di noi aveva ancora pensato di usarla per piccole armi tattiche. Nessuno di noi tranne te, ovviamente.

"Nel ricordo che ho portato alla tua attenzione...

«Sì, sì, lo so, Frick. Hai presentato l'approccio come lo vedi. E sembra fattibile in un certo senso, ma c'è un'abbondanza di dettagli, sui quali sei passato molto brevemente. Sono quei dettagli a cui mi riferisco.

Fece una pausa.

«E se dovessimo presentare quel piano ai signori che verranno a vedere le prove, avremmo bisogno di una proroga.

Helmuth stava fissando il mare.

«Questi dettagli, colonnello, saranno a disposizione dei signori di Berlino nel momento in cui li richiederanno.

"Allora li hai già risolti...

«Quasi completamente, signor colonnello.

"Mi congratulo.

Ci fu una pausa imbarazzante e Helmuth si rivolse al suo superiore.

«In nessun momento, signor colonnello, ho pensato di esporre il mio intero piano a qualcuno senza prima averlo fatto a lei. Questo viaggio è stato l'unico motivo per non averlo già esposto al mio superiore.

Il colonnello Stiller sospirò di sollievo.

Comprendi la mia posizione, Frick. Il capo di un'indagine deve essere sempre pronto a fornire i dettagli che il comando può richiedergli. Ma vedrai che non ho affatto negoziato i meriti davanti ai testimoni.

«Signor colonnello, non lo ignoro, e di questo vi sono grato. Lo studieremo stasera, se non ti dispiace.

"Nessuno, nessuno.

Tese la mano, che Helmuth strinse. Aveva ottenuto una vittoria psicologica. Senza dare di gomito al colonnello, il suo superiore, dopotutto, gli aveva mostrato che l'essenziale per quel lavoro era lui stesso.

E questo era molto importante per i loro progetti.

Gli "Alta Personalità" erano due, in realtà. Un generale di stato maggiore e un altro delle SS, che ricevette ordini diretti dallo stesso Führer.

Quando arrivarono, in una Mercedes nera, con una scorta di altre cinque auto e sei o sette ufficiali subalterni, la nuova piattaforma era pronta. Pioveva e faceva molto freddo.

Furono accolti dal colonnello Stiller, che chiese ai suoi aiutanti. In primo luogo, sono stati mostrati i progetti della piattaforma e sono stati informati dello stato di avanzamento dei lavori, il prima possibile, tenendo conto che nessuno dei due era uno specialista.

Esaminarono tutto con grande freddezza, specialmente il generale del partito.

Questo è stato il primo a parlare, apparentemente sostenendo di essere il capo della missione.

«Non sia sorpreso dalla nostra mancanza di entusiasmo, colonnello Stiller», disse. Per un anno non abbiamo fatto altro che indagare su laboratori come questo in cui ci era assicurato di aver trovato l'arma in grado di schiacciare subito i nostri nemici.

"Sì, signore", rispose il colonnello, rivolgendo uno sguardo obliquo a Helmuth, che stava un po' in disparte, come si addiceva alla sua laurea, e che si faceva avanti solo quando lo richiedevano chiarimenti di qualche dettaglio tecnico.

«Per questo, prima di pronunciarci in una direzione o nell'altra, dobbiamo vedere le prove che lei, colonnello, ci ha annunciato.

Il generale di stato maggiore, mentre parlava l'altro, aveva osservato i progetti della piattaforma ei rapporti sui materiali raccolti dopo la prima esplosione. Alzò lo sguardo.

«Quando vuole, colonnello Stiller.

"Sì, mio generale.

Era stata installata una torre di cemento, con finestre e senza vetri, ma protetta da una robusta rete di acciaio. Ciascuno dei capi fu dotato di un binocolo e salì sulla torre.

"Il comandante Frick è colui che guiderà l'esperimento", ha detto Stiller.

"Non perdiamo altro tempo" osservò il generale delle SS "Puoi iniziare quando vuoi.

Helmuth era al suo posto. Guardò i gadget che ingombravano il suo tavolo, modificò uno o due manometri, più per impressionare gli ufficiali appena arrivati che perché ne aveva davvero bisogno, e attese il segnale.

"Non sei un po' nervoso? Chiese Gottliet, il tenente comandante.

"Assolutamente sì. Andrà tutto bene.

"Confesso che non mi piacerebbe fallire davanti a quelli. La notizia arriverà direttamente alla sede del Führer.

"Non ci sarà nessun fallimento.

Si accese una luce verde sul tavolo degli strumenti. Helmuth si fece forza. Non appena fosse diventato rosso, sarebbe stato il momento di iniziare ad abbassare le leve.

Rosso.

Helmuth afferrò la prima leva e l'abbassò. Poi, con ciò che Gottlieb trovava esasperante, fece lo stesso con il secondo. Infine, il terzo.

Di nuovo la terra tremò e gli indicatori tremarono. Il serbatoio dell'acqua potabile è esploso, gettando l'acqua a terra, e uno degli agenti appena arrivati è saltato.

La piattaforma era volata.

La missione di Berlino rimase alla base di sperimentazione fino a quando non furono note le analisi parziali dei materiali distrutti. Il generale di stato maggiore non riuscì a contenere la sua soddisfazione.

"E questo è stato ottenuto con solo ...

"Dieci chili di Stillerita," rispose Helmuth con calma, anticipando il colonnello Stiller. "Dieci chili e duecento grammi, esatti.

"Mi congratulo con lei, colonnello", rispose il generale di stato maggiore, mentre l'uomo delle SS teneva tra le dita un pezzo di cemento, trasformato in una massa porosa che sembrava più pietra pomice. "Ciò significa che con... Signori, parleremo al più presto con i capi di stato maggiore. Una cosa del genere attirerà la vostra attenzione sopra tutti gli altri progetti.

Si rivolse a Helmuth.

"Mi congratulo anche con te, Comandante E... pensi che questo possa essere usato tatticamente?

"Lo stiamo studiando con grande interesse e velocità", ha risposto.

"Perfettamente. Ti informeremo il prima possibile di ciò che ha deciso il quartier generale del Führer. Possiamo vedere i piani per trasformare questo esplosivo in un'arma tattica?

"Certo. Se i generali si servono, seguiteci...

A metà ottobre è stato ricevuto l'ordine presso la base sperimentale per il colonnello Stiller e il maggiore Frick di presentarsi al quartier generale del Führer a Berlino.

Il colonnello tremava come una foglia d'albero.

Guarda il Grande Uomo, anche da lontano. Per essere, forse, ricevuto da lui... "balbettava". Un così grande onore...

"Vedremo, sicuramente", rispose Helmuth freddamente.

In quel momento pensava a quelle migliaia di soldati polacchi uccisi e cosparsi di petrolio e ossigeno in fiamme. E per facile associazione di idee, vide le migliaia di impiegati della City, a Londra, con le loro bombette e ombrelli, sdraiati per le strade, forse volatilizzati dalla componente X-34. Il suo viso si indurì.

«Dobbiamo prepararci, colonnello. Chi sarà al comando della stazione sperimentale?

«Lehman, naturalmente. devo darti istruzioni...

«Lo farò, colonnello.

Il giorno dopo erano a Berlino. Non furono ricevuti dal Führer, ma dal maresciallo Halder, con i suoi assistenti. Halder era già a conoscenza dei risultati dell'esperimento. Trovarono in lui una mente agile e ricettiva che si occupava del problema in generale e lasciava i dettagli ai suoi assistenti.

"Quanto tempo pensi ci vorrà per convertirlo... Stillerita, giusto? in un'arma tattica, utilizzabile sul fronte russo e altrove?

Dietro le sue parole, Helmuth, che non era nervoso come il colonnello Stiller, vide la fatidica parola: "bombardamento di retroguardia".

"I lavori procedono con grande regolarità... e ci sono alcuni evidenti inconvenienti, d'altronde..." balbettò il colonnello. Si rivolse a Frick come per chiedere aiuto. Il comandante fece un passo avanti, le mani incollate alle cuciture dei talloni.

«Sei mesi, signor maresciallo.

"Tanto?

«Sì, maresciallo.

"Qual è il principale svantaggio?

"La fabbricazione e il posizionamento dell'escoleta a tre tempi, senza che la Stillerite esploda. È un meccanismo molto delicato.

«Sei tu a dirigere il lavoro di fabbricazione di quella spoletta?

«No, signore, perché la produzione non è ancora iniziata. Ma aiuto il signor colonnello Stiller nel progetto della sua costruzione.

"Fai parte della Scuola di Guerra?

«No, signore maresciallo. Appartengo alla riserva.

"Già.

Il maresciallo conferì brevemente con alcuni dei generali intorno a lui. Poi si rivolse a Helmuth.

"Avrai finito i lavori in cinque mesi.

"Signor maresciallo...

Helmuth sembrava aver preso il posto di Stiller. Sembrava incapace di trattare con personaggi così alti.

Halder alzò la mano in aria.

"No, comandante. La Germania ha bisogno di quell'arma tra cinque mesi, non sei.

«Faremo quello che possiamo, signore maresciallo.

"Faranno più di quello che possono. E lo avranno finito in quel momento. Confido in Te.

Strinse la mano a entrambi, che si inchinarono profondamente. Poi ha concluso l'intervista.

Quando tornarono alla base di sperimentazione, Stiller sembrava stordito.

«Cinque mesi, Frick... impossibile. Non possiamo finirlo in quel momento.

«È un ordine, colonnello. Hai già sentito il maresciallo, capo di stato maggiore.

"Ma, Frick...

«Lo avremo, colonnello. E puoi cambiare quelle spalline con una doppia treccia d'oro.

«Fidati di me, non è questo che mi spinge, Frick. È solo responsabilità... Se qualcosa non va nei tuoi calcoli, nei tuoi progetti...

Ha avuto un inizio improprio da militare, ma molto tipico dello scienziato che era in realtà.

"Sei tu quello che dovrebbe guidare il progetto, Frick, non io!

«Con tutto il rispetto, le dirò, colonnello, che questa è una sciocchezza. Sei stato tu a trovare il componente X-34, non io. Ed è per questo che porta il suo nome. Ce la faremo.

E guardando il suo profilo ostinato, gli occhi duri e distanti in quel momento, Stiller si rese conto che, se fosse stato fattibile, l'uomo accanto a lui lo avrebbe fatto.

Sono stati cinque mesi di lavoro estenuante. Frick controllava più e più volte i suoi calcoli, esaminava i progetti, rielaborava il lavoro più e più volte, finché non si esauriva e i suoi collaboratori erano sfiniti.

Intanto le forze tedesche, fermate nella loro vittoriosa offensiva dall'inverno russo, attendevano l'arrivo della primavera per sferrare l'ultimo, mortale colpo ai sovietici...

E il Giappone annientò la squadra americana a Pearl Harbor e gli Stati Uniti entrarono in guerra...

E l'oscillazione è continuata in Nord Africa.

E i giapponesi presero Insulindia, dominarono il potere inglese a Malacca e sventolarono le loro bandiere con il sole rosso attraverso il Pacifico. Infine, a marzo, il 5, dopo una notte in cui nessuno dormiva, la prima bomba tattica, di piccolissimo calibro, fu sganciata da un aereo tedesco contro un bersaglio mobile nel Mare del Nord. Il bersaglio in movimento scomparve, polverizzato.

Il colonnello Stiller non riuscì a controllare il tremolio delle sue mani quando l'aereo tornò alla base sperimentale ei risultati furono conosciuti. Il pilota, ignaro di ciò che aveva trasportato, era esultante.

"Colossale" disse. Semplicemente colossale. Sono stato in grado di posizionare la bomba quasi al centro del bersaglio in movimento, tramite i propulsori. Era come se una mano avesse improvvisamente cancellato il bersaglio. L'ho preso proprio nel centro stesso, credo. Non ne abbiamo molti per andare a insegnare agli inglesi come vincere una guerra?

"Lo faremo", disse Helmuth seccamente. E intanto, tenente, se lei dice una sola parola di questo a qualcuno, nemmeno ai suoi stessi compagni di squadra, la polizia militare farà in modo che lei non commetta mai più alcuna indiscrezione.

"Sì, signore comandante" rispose l'altro molto spaventato.

Il 7 Helmuth e Stiller tornarono a Berlino. Il maresciallo Halder stava sorvegliando il fronte russo, insieme al Führer. Come al solito, non si sapeva quando sarebbero tornati.

"Non so se posso resistere", disse Stiller, torcendosi nervosamente le mani. Per quanto mi riguarda, tornerei subito alla base di sperimentazione per rivedere ...

«Non c'è niente da controllare, colonnello, e lei lo sa bene», replicò Helmuth. La prego, colonnello, dobbiamo mantenere la calma.

"È che questa forza che abbiamo contribuito a sviluppare... È così portentosa... Fino ad ora, preoccupata per i dettagli tecnici...

Lanciò a Helmuth un'occhiata di traverso. Erano entrambi nella sala da pranzo dell'Hotel Terminus, a mangiare un orribile surrogato del caffè e della marmellata che sembrava provenire direttamente dalla macerazione degli aghi di pino.

"... Forse non abbiamo valutato il fattore umano... Forse abbiamo dimenticato come lo utilizzeremo...

Helmuth lo guardò in silenzio, le labbra contratte.

"Capisci bene, Frick, che non sono affatto io a criticare i nostri superiori, quell'idea non mi è nemmeno passata per la testa, ma... Questa forza sarebbe così utile nelle mani degli uomini per spostare montagne, scavare gallerie, aprire canali ... Cosa so ...

La sua voce si era spenta sotto lo sguardo duro di Helmuth.

«Questo accadrà più tardi, colonnello. Ma ora, la prima cosa è...

Appoggiò la punta della sigaretta sul piattino del caffè.

"... Schiaccia l'Inghilterra.

"Ma anche alla Russia...

«Anche in Russia, signor colonnello.

Come ha fatto in tutti i suoi viaggi, questa volta si è recato al palazzo della Croce Rossa. Questa volta non fu una ragazza attraente a riceverlo, ma una segretaria scura, sopraffatta dal lavoro.

«Colonnello Gustavsson? Perdio, certo, non lo saprai. Il colonnello è morto» disse, con un certo accento del sud.

Il cuore di Helmuth cominciò a battere contro le sue costole.

"È morto? Ha chiesto un po' stupidamente.

"Sì, sì, è morto. Viaggiava su un aereo americano abbattuto da aerei tedeschi all'inizio dell'anno.

"Mi dispiace. Non vuoi lasciare... qualcosa per me? Maggiore Helmuth Frick. Il colonnello era interessato a una mia particolare faccenda.

"Posso vedere. Frick?

Ha esaminato un file e ha tirato fuori un pezzo di carta.

"Sì, fortunatamente c'è qualcosa per te. Sembrano appunti di tua mano. Sicuramente speravo di espanderlo in qualche conversazione con te. Sì, ecco l'intero file.

Il promemoria era molto breve, scritto a mano e frettolosamente.

«Fai sapere al maggiore Frick che sua figlia sta bene. Impossibile portarla fuori dall'Inghilterra ora che gli Stati Uniti sono in guerra. Forse Canada... posso provare quando vedo di nuovo il W.. Mi dispiace per il comandante. Lui è un buon uomo. Dille che è ancora una bellissima bambina. "

Questo era tutto.

Quindi Hermine era ancora in Inghilterra, esposta ai bombardamenti. Esposta alla fame, alle malattie... Helmuth si aggrappò al bordo del tavolo, cercando di impedire al suo viso di mostrare qualsiasi emozione.

"Grazie.

La segretaria stava guardando il fascicolo di Frick.

"Naturalmente non ho la libertà di movimento del colonnello Gustavsson, ma se c'è qualcosa che posso fare per lei, comandante...

"Cerca solo di non perdere il contatto con la ..." W ", dice qui. Non potresti sapere il suo nome completo, a proposito? Non so ancora chi siano le persone che hanno mia figlia.

La segretaria esitò un po'.

«Non vedo il motivo per cui non dovrei dirtelo, comandante. Il colonnello Gustavsson è stato molto scrupoloso, ma non c'è davvero motivo di nasconderlo. Si tratta di...

Guardò uno dei documenti.

"Il matrimonio di John Wilberton e la signora. Trentotto e trentatré anni, rispettivamente, senza figli. Vivono a Southampton. Lui è un tecnico di costruzione navale. Lavora nei cantieri navali e vive molto vicino a loro.

"Grazie.

« Approfitterò del primo viaggio in Inghilterra per cercare di vedere sua figlia, comandante » disse il portoghese, tendendogli la mano. Vuoi qualcosa per lei?

"Per lei? Non saprà nemmeno che esisto. Non credo se non te lo hanno detto. Questo potrebbe creare complicazioni per loro con i loro amici e quei Wilberton. Ma se potessi avere una fotografia... Anche se era brutta... qualsiasi istantanea...

Il portoghese ha preso un rapido appunto su un taccuino. Poi sorrise.

«Se dipende da me, riceverai la fotografia, comandante.

"Grazie. Nel caso potessi tornare a Berlino, di chi dovrei chiedere?

Di Virgilio Galvi. Questo è il mio nome.

Ha lasciato la Croce Rossa. Un vento impressionante soffiava per le vie della città, sollevando le sottane delle donne e le falde dei mantelli dei soldati. Si infilò in un teatro, dove vide il solito numero burlesco sulla vita idiota e regolata degli Stati Uniti, le barzellette sugli inglesi e molte donne seminude in scena. Disgustato, se ne andò.

Infine, il 10, il maresciallo Halder tornò. Ha ricevuto Stiller e Helmuth l'11.

"Hanno capito? Ha chiesto dopo aver stretto con decisione le loro mani.

«Sì, signor maresciallo capo di stato maggiore», disse Stiller, tremante. È fatta. Le prove sono state soddisfacenti, come può verificare il maresciallo attraverso i verbali allegati alla richiesta di udienza.

Il maresciallo, che non si era ancora tolto la sciabola, raccolse la manciata di documenti e li lesse in fretta. Alzò su di loro i suoi occhi luminosi.

"In breve: un successo.

«È così che possiamo considerarlo, signor maresciallo capo di stato maggiore.

Halder si voltò interrogativo verso Helmuth. Sapeva quale dei due era davvero quello importante.

«Esatto, signor maresciallo. Successo dimostrato una volta. Ma successo.

"Magnifico.

Fece il giro del tavolo e mise una mano sulla spalla di Helmuth.

"L'hanno reso pubblico? Voglio dire, chi lo sa, oltre a te?

"Il processo di produzione è noto a quasi tutti i nostri collaboratori, signor Marshal. Il sistema di precisione, la spoletta e la sua regolazione, solo il colonnello Stiller ed io.

"Solo voi due?

«Solo, signor maresciallo. Preferiamo mantenere il più segreto possibile per evitare qualsiasi fuga di notizie, improbabile, ma possibile.

"Molto ben fatto. Potresti assistere a un test tra due giorni?

«Sì, maresciallo.

"Preparalo. Con quella prova ce ne sarà abbastanza.

Il test è stato un completo successo. Quando ebbe finito, il maresciallo Halder ricevette Frick e Stiller e presentò loro personalmente le spalline che avrebbero indossato da quel momento in poi. Helmuth aveva un chiodo d'oro e quello di Stiller una treccia d'oro.

«Generale Stiller, continuerai il lavoro su quella base di sperimentazione. L'Oberstleutnant Frick lascerà il lavoro qui. Ne abbiamo bisogno altrove.

Helmuth impiegò un grande sforzo su se stesso per non sorridere. Il suo momento era arrivato.

Un generale dell'aria, con la testa completamente calva e un robusto collo di toro, stava aspettando Helmuth Frick al comando aereo di Brema, Busestrasse, 15.

"Frick? "chiedo". Me lo aspettavo stamattina.

"Prima dovevo andare alla base di sperimentazione, mio generale. Ho dovuto occuparmi personalmente dell'imballo dei pezzi da spedire qui, seguendo gli ordini dello Stato Maggiore.

"Beh, il punto è che sei già qui, per fortuna. Non abbiamo tempo da perdere, se vogliamo che tutto sia preparato per il giorno che mi è stato indicato.

«Posso sapere che giorno sarà, mio generale?

«No, non può saperlo, Frick. Solo io lo so. Qualsiasi imprudenza potrebbe rovinare tutto. Lo scoprirai ventiquattro ore prima dell'orario previsto.

«Capisco, mio generale.

"Ora diamo un'occhiata a quei pezzi.

Suonò un campanello e un colonnello dell'aviazione entrò nell'ufficio.

"Colonnello Ihlefeld, tenente colonnello Frick" disse il generale. Il colonnello Ihlefeld è il direttore dell'officina di precisione. Farai rapporto direttamente a lui, Frick.

Helmuth salutò e strinse la mano di Ihlefeld. Questo era un uomo molto giovane, un paio d'anni più vecchio di lui, semmai, con un viso da ragazzo e capelli castani.

«Hai portato le spolette, Frick?

«Sì, colonnello.

"Faglieli portare in officina. Voglio dare un'occhiata a loro.

Nell'ampio corridoio, dove lavoravano cinquanta torni di precisione, le spolette furono disimballate. Ce n'erano due, lunghi circa venti centimetri e dall'aspetto innocuo.

«Ha intenzione di smantellarli, colonnello? chiese Frick.

Il colonnello lo guardò acutamente.

«Ho sentito molto parlare di te, Frick, e davvero molto bene. Se mi assicuri che la tua vestibilità è perfetta, non ho bisogno di altro.

«Lo affermo, colonnello, ma mi sentirei molto più a mio agio se lei lo verificasse personalmente.

"Non vuoi responsabilità, eh? Bene, ti dirò in via confidenziale che non credo ci sia tempo per farlo. Il generale deve aver ricevuto l'ordine di lanciare al più presto questo gossip su qualche obiettivo che questa volta non sarà un bersaglio per la pratica.

"Prossimamente?

"Esatto, Frick.

"Ma poi... non ne costruiremo altri prima del lancio?

"Non credo che ci sia tempo. Ma devi continuare a costruirli, Frick. Vedi tutti questi macchinari? Una volta che avremo fatto i lanci, tu ed io prenderemo d'assalto questo workshop e inizieremo a costruirli a tutto gas.

"Trovo un" ma ", signor colonnello ...'

Chiamami Klaus. Se dobbiamo lavorare insieme, è preferibile che lo facciamo.

Beh, trovo un "ma". Mi può succedere qualcosa... e in tal caso...

"Vuoi dire che nessuno tranne te è in grado di assemblare questi dispositivi?

Helmuth non sorrise.

"Esatto, Klaus. Il colonnello Stiller stava facendo l'esplosivo, quello che chiamiamo Stillerite, e io stavo aggiustando le spolette.

"Un modo un po' strano di lavorare.

"Non avevamo molti specialisti, Klaus. Se mi è successo qualcosa...

"Spero che non accada. Comunque, avremmo sempre l'esplosivo.

"Sì, ma il componente X-34 è alquanto intrattabile. Non è facilmente domabile.

"Beh, inizieremo il prima possibile.

La mattina dopo arrivarono le bombe, divise in sezioni. Secondo i piani che Helmuth aveva e le sue istruzioni, l'assemblea iniziò il più rapidamente possibile.

Due giorni dopo era finito. Su un supporto di legno di quercia, i due manufatti, privi delle loro spolette, riposavano in modo del tutto innocuo, a quanto pareva.

Il generale arrivò nel pomeriggio del secondo giorno, accompagnato dal suo assistente.

"Tutto pronto?" chiedo.

«Sì, signore», rispose Helmuth. La regolazione delle spolette deve essere effettuata in volo e molto vicino al bersaglio, per evitare che qualsiasi contrattempo possa farle esplodere. E' l'unico difetto di quest'arma e non è stato possibile risolverlo, per mancanza di tempo.

«Me lo stai dicendo, Frick? "Ringhiò il generale." Ho appena ricevuto l'ordine.

I tre uomini si guardarono negli occhi.

"Quando? ha chiesto Ihlefeld.

"Domani pomeriggio. L'incursione sarà notturna.

"Ma..." Frick si acigliò.

Cosa stavo per dire, Frick? Qualcosa non va?

"In così poco tempo non posso davvero addestrare uno dell'equipaggio a regolare le spolette. È impossibile. Materialmente impossibile, mio generale.

"Chi ti ha detto che dovrai addestrare qualcuno?

"Come?

"Sì, chi ti ha detto che dovrai allenare qualcuno?

"Ma...

«Lo farai da solo, Frick. Nessun altro.

"È la soluzione logica", ha dichiarato Klaus Ihlefeld.

"Ma... non sono un aviatore. Non ho volato in vita mia.

"Questo non è il meno importante," il generale rifiutò un po' seccamente. "Nessuno ti chiede di manovrare il dispositivo, ma di andare con l'equipaggio a fare la regolazione delle spolette in volo, nel momento in cui ti viene istruito, o che tu stesso indichi. Tutto qui.

"Ma...

«Niente ma, Frick. Devi farlo. Questo è un ordine. D'altra parte, non dovresti aver paura dell'aria. Volare è una delle cose più facili là fuori. Anche in tempo di guerra. Credimi

Helmuth non poteva più obiettare. Chinò la testa.

«Le due bombe, mio generale?

"Tutti e due.

Ihlefeld mise una mano sulla spalla di Helmuth.

"Vedi, devi tornare indietro. Ne abbiamo bisogno qui per continuare a costruire altri di questi dispositivi. Se dipendesse da me, ti lascerei a terra, ma a quanto pare non è possibile. Con quello deve tornare. La Germania ha bisogno di più spolette costruite secondo il suo sistema.

"Sì, a quanto pare.

Alzò lo sguardo, finché non incontrò quello del generale.

"Dove andremo? Insomma, quale sarà il nostro obiettivo?

"Non lo so. Non si saprà fino a due ore prima di prendere il volo. Il comandante Link comanderà l'aereo, con il tenente Mannheim come copilota. Ci saranno anche due sergenti, uno dei quali sceglierai tu stesso, Frick , per aiutarti a posizionare le spolette. Quello sarà l'intero equipaggio.

"Perfettamente. Scelgo il sergente meccanico Klein. Mi sembra un uomo competente.

"Beh, possono iniziare a fare i test.

Il generale si ritirò. Ihlefeld fissò distrattamente le due bombe, sistemate sulle rastrelliere.

"Dove pensi che dovresti lasciarli cadere? "Chiedo.

Helmuth scrollò le spalle.

"Questo è facile da sapere. Un aereo con solo quattro uomini non dovrebbe avere un lungo raggio di volo. Non può essere, quindi, in Russia, a Mosca, come si potrebbe ben credere.

"Infatti.

Gli occhi di Helmuth brillavano.

"Inghilterra, quindi", ha detto.

"Più probabilmente. Hai straffe Inghilterra! Non è vero, Frick?

"Sì!

C'era una tale ferocia nel suo tono che Ihlefeld si voltò dall'altra parte, sorpreso.

"Odi molto gli inglesi?

"Come nessuno al mondo, Klaus.

"Li conosci?

"Sì.

Non ha aggiunto altro.

Era impossibile andare a Berlino per sapere se c'erano notizie sulla piccola Hermine, ma ottenne il permesso di tenere una conferenza alla Croce Rossa. Ha partecipato personalmente il Sig. Virgilio Galves.

"Niente di nuovo, comandante" disse. Mi dispiace, ma il viaggio che ho dovuto fare in Inghilterra è stato rimandato non per colpa mia. Ad ogni modo, penso di poterlo fare presto. Non ho dimenticato il tuo caso.

"Grazie mille", rispose Helmut, scoraggiato. "Lo apprezzerò molto.

«A sua disposizione, comandante.

Helmuth dormì poco quella notte. C'erano molte cose che doveva fare, e quando finalmente riuscì ad andare a letto alle quattro, continuò a rigirarsi il progetto nella testa.

Il sergente Klein, un uomo vivace e pieno di risorse, aveva ampiamente compreso le spiegazioni di Helmuth su come doveva aiutarla. Tuttavia, l'ultimo aggiustamento dovrebbe essere fatto da solo, una volta che è molto vicino al bersaglio.

L'aviazione inglese, durante la battaglia aerea su Londra, si era dimostrata terribilmente efficace. Per ogni dispositivo perso, quasi tre tedeschi erano stati abbattuti, secondo rapporti non resi pubblici in Germania, ma noti a Helmuth.

Ma non era il pericolo che avrebbero potuto correre una volta sorvolato il territorio inglese a preoccuparlo. È stato che qualcosa è andato storto all'ultimo momento, quel fattore imprevedibile che sfugge ai progetti meglio profilati.

Ripercorse più e più volte nella sua mente i possibili difetti. Non c'erano, almeno per quanto poteva.

Insonne, accese la luce e accese una sigaretta. Le sue mani erano ferme, da quel lato non c'era nulla da temere. Ognuna di quelle bombe potrebbe distruggere mezza baraccopoli di Londra. Ad esempio, da Paddington a Marble Arch e Hyde Park, da Edgware Road a Regent's Park. I due insieme...

Lo avrebbero finalmente sentito nella loro carne. I precedenti attentati "Helmuth aveva visto fotografie aeree con i danni prodotti dalle granate tedesche" non sarebbero stati niente, assolutamente niente, rispetto a quanto stava per succedere.

L'ha immaginato. Era così facile, dopo aver visto gli effetti delle "loro bombe" sulle piattaforme di prova... Se ciò fosse stato ottenuto con soli dieci chili di Stillerita, cosa non si sarebbe potuto fare con cento chili? E con cinquecento?

Spense la sigaretta. Chiuse gli occhi. Un'ora dopo, non era ancora riuscito ad addormentarsi.

La mattina dopo il generale lo chiamò. Quando è entrato nell'ufficio del suo capo, ha visto che il suo viso era burrascoso. Il suo collo robusto sembrava rosso.

"Frick, brutte notizie.

Helmuth impallidì.

"Cosa c'è, signore generale?"

"Tragico. La base sperimentale dove stavi lavorando con il generale Stiller è stata visitata da aerei inglesi stasera.

"Non è possibile!

«Lo è, Frick, non dire sciocchezze. Le strutture sono state gravemente danneggiate.

Ma, generale Stiller...

"Morto, Frick.

Helmuth si appoggiò al tavolo. Le sue gambe si rifiutavano di sostenerlo.

«Capito? Ho parlato con lo Stato Maggiore a Berlino. Si rifiutano di rimandare la spedizione di stasera.

"Ma, in quel caso... solo io rimango di chi conosce il processo produttivo. Questo è impossibile!

"Non lo è, lo ripeto.

Helmuth si raddrizzò.

«Non posso partecipare a quella spedizione, signore generale. Devi capirlo.

Il generale giocherellava con una matita.

"Capisco che non è la paura a farti parlare così, Frick, ma un senso di responsabilità. Ma ora dimmi: Credi che il sergente meccanico che hai scelto sia assolutamente capace, nota dico capace al cento per cento, di effettuare la regolazione della spoletta in volo?

Helmuth rimase in silenzio.

"Lo vedi? Dubbio! No, Frick, devi essere tu. Tu e nessun altro. E deve tornare. La Germania ne ha bisogno.

«Sì, signore generale.

"Allora, mettiamoci al lavoro. L'ora fissata per il decollo saranno le quattro e mezza del mattino. Il pilota conoscerà l'obiettivo da un foglio chiuso che gli sarà consegnato al momento del decollo.

Si alzò. Era più basso di Helmuth. Le mise una mano sulla spalla.

«Torna indietro, Frick. È un ordine.

"Si signore.

E Helmuth lasciò l'ufficio lentamente.

Era a disagio nella tuta da volo, anche se due anni in cui indossava un'uniforme gli avevano fatto familiarizzare con stivali pesanti, caschi e tute pesanti.

Gli montarono un paracadute sul petto e un altro sulla schiena e gli insegnarono a tirare prima da dietro e, se non si apriva, da davanti.

Hanno poi indossato un giubbotto di salvataggio in gomma e sughero, con una valvola per gonfiarlo nel caso fosse caduto in mare.

Il generale e Ihlefeld erano accanto a lui. Il primo ha detto:

"Nel caso molto improbabile che tu cada e In terreno inglese, se il tuo apparato dovesse essere demolito, ecco questo per te.

Questo era un pacchetto di sigarette, aperto. Il generale, senza esitazione, ne indicò due.

“Questi due, contrassegnati in rosso, hanno cianuro da uccidere all'istante. Non farti prendere vivo.

"Okay", rispose Helmuth, ringraziando la tuta di volo che gli altri non potevano vedere il brivido che lo attraversava. " Lo farò.

“Non possiamo correre il rischio di farci parlare se sospettano le bombe. Se li lanci e ti sparano in seguito, potresti essere sospettoso. Non può essere, Frick.

«Ho capito, mio generale.

Accanto a lui c'erano il comandante del pilota e il suo assistente. Erano due giovani ragazzi, di grande statura e volti aperti. Erano entrambi sorridenti. I due sergenti aspettarono un po' più indietro, rispettosi.

Il generale tirò fuori una busta dalla tasca del mantello e la porse al comandante Link.

"Lo aprirai esattamente mezz'ora dopo il decollo. Inteso?

"Sì, mio generale.

«Comunicarai immediatamente le istruzioni al tenente colonnello Frick. Il tenente Mannheim sarà il navigatore, se tutto va bene. Sarà incaricato di sganciare le bombe.

"Sì, mio generale.

"Qualche domanda da fare?

"Torneremo non appena avremo sganciato le bombe, mio generale?

"Sì, Link. Ti girerai in quel preciso momento. E una cosa, comandante: la vita del tenente colonnello Frick non ha prezzo. È necessario che io torni in Germania. Mi capisci? Se qualcuno di voi deve restare questo viaggio, non può essere il tenente colonnello.

I due aviatori guardarono Frick con rispetto.

"Abbiamo capito" disse Link. Faremo l'impossibile affinché il tenente colonnello ritorni in patria.

"Qualche domanda, Frick?

"No, mio generale.

"Bene, allora vai avanti. In bocca al lupo.

Ha stretto la mano a tutti e Ihlefeld ha fatto lo stesso. L'aereo era in mezzo alla pista, con i motori che rombavano. Dietro di lui, a intervalli regolari, c'erano cinque combattenti "Focke-Wulf", i dispositivi più veloci fuori dalle fabbriche. Sarebbero stati incaricati di scortarlo e di impegnarsi in combattimento con i combattenti inglesi, se necessario. Helmuth sapeva che un attacco diversivo era stato organizzato da qualche parte in Inghilterra, diverso da dove stavano andando, per distrarre gli inglesi e consentire loro di svolgere la loro missione.

Era giunta l'ora. Salì sull'aereo, aiutato da uno dei sergenti. Il luogo in cui avrebbe viaggiato era lo spazio dietro i piloti e il luogo in cui andavano le bombe.

Questi erano posti su una piattaforma mobile, sopra un portello. La piattaforma serviva per poter manovrare con loro durante la regolazione delle spolette. Il portello, per farli cadere.

I due piloti salirono e presero le loro posizioni. I cruscotti si accendono e iniziano i controlli. Uno per uno hanno risposto alle domande che venivano poste dalla torre di controllo.

Finalmente era tutto pronto. Le eliche girarono rapidamente e Helmuth sentì il terreno muoversi leggermente sotto i suoi piedi.

Un attimo dopo erano in aria.

C'era una spessa finestra di vetro accanto a lui. Guardò, ma non vide nulla. A causa dei bombardamenti inglesi, che cominciavano ad essere frequenti, la città fu oscurata.

"Quanto tempo impiegheremo a lasciare il suolo tedesco? Chiese al comandante Link. Scosse la testa e indicò la radio. Helmuth la prese e ripeté la domanda.

"Mezz'ora" fu la risposta.

"E per arrivare in Inghilterra?"

"Tre ore e mezza. Voliamo molto velocemente, signore, tenente colonnello.

Quindi proprio nel momento in cui avrebbero raggiunto il mare, sarebbe stato quando avrebbero aperto il foglio delle istruzioni.

Si appoggiò allo schienale. Mezz'ora era davvero poco. E se provassi a dormire?

Ma non poteva. Il momento in cui avrebbero sganciato le bombe continuava a ripetersi. Sicuramente poteva vedere il loro bagliore quando esplodevano, non importava quanto in alto volassero. Sì, doveva vederlo.

Guardò l'orologio. Non erano trascorsi più di cinque minuti. Come, se gli sembrava che fosse passato molto più tempo? Ma di fronte agli orologi sui cruscotti del pilota, vide che non si era sbagliato. Solo cinque minuti.

Chiuse gli occhi. Un'enorme esplosione. E urla, urla acute, lamenti, imprecazioni. Sì, come quelli che ho sentito in quella campagna polacca quando migliaia di cavalieri furono bruciati vivi.

Dieci minuti. Ma quando sarebbe arrivato il momento?

Un intero quartiere di Londra. Lì, dietro di lui, quei due mostri d'acciaio contenevano abbastanza Stillerite da far saltare in aria un intero quartiere. Poteva immaginare che tutta Soho fosse ridotta in cenere, ardente come una torcia. O Greenwich, dove si trovava l'osservatorio. Sarebbe un buon obiettivo.

Si alzò in piedi e si avvicinò al punto in cui si trovavano le spolette, avvolte in uno spesso strato di gommapiuma.

Il sergente Klein gli si avvicinò rispettosamente.

«Già, signor tenente colonnello?

"No. Non ancora", ha risposto seccamente.

Si sedette di nuovo in modo che l'altro non si accorgesse del suo nervosismo. Voleva fumare, ma non voleva. Non c'era pericolo, ma bisognava osservare la disciplina.

Venti minuti.

Sbirciò da sopra la spalla del comandante del pilota. Si voltò e le sorrise.

"Quanto in alto voliamo? Ha chiesto alla radio interna.

«Quattromila metri, signor tenente colonnello.

"Dovremo rilanciare di più?

«No, non credo, tenente colonnello. È l'altezza fissa e, salvo complicazioni "ha sorriso", non lo faremo.

Venticinque minuti... Dio, come scorreva lento il tempo!

Il pilota diede un'occhiata all'orologio sul cruscotto. Poi il copilota. Annuì e prese i comandi. Il pilota, con lentezza esasperante, prese il foglio sigillato dalla tasca del giubbotto di volo e lo guardò un attimo prima di aprirlo. Helmuth si trattenne dal urlargli di sbrigarsi.

Finalmente era aperto. Lo lesse e si rivolse a Helmuth.

«Southampton, signor tenente colonnello. I cantieri navali di Southampton.

Helmuth tornò in sé dolorosamente alle domande del pilota. Gli stava chiedendo se avesse avuto le vertigini e se stesse bene.

"Bene... mi sento molto bene" rispose.

Era stato come uno stordimento, come se qualcuno lo avesse colpito alla testa. Solo ora si stava dolorosamente riprendendo dal colpo.

"Ma... non può essere" disse.

«È scritto molto chiaramente, signor tenente colonnello. I cantieri navali di Southampton. O il più vicino possibile, ovviamente. Ciò significa che gli inglesi cercheranno di intercettarci, ovviamente, e che potremmo dover combattere. Poi...

Ma Helmuth non poteva sentirlo. La voce di Link gli sembrava un battito di tamburi, ma quei tamburi erano nel suo cervello.

No, no, non potrebbe essere. Hermine era lì, a Southampton, nella città che aveva il compito di distruggere. No, non potrebbe essere. Il destino gioca questi giochi su un uomo. L'uomo non poteva difendersi da un destino che faceva cose del genere.

"Signor tenente colonnello...

Link e il copilota lo guardarono in modo strano. Anche i due sergenti si erano avvicinati.

"Si sente bene, tenente colonnello? Ha bisogno di qualcosa?

E il fatto è che erano già in mare, dovevano aver già sorvolato le onde. E Southampton sarebbe stato lì, a tre ore di distanza in tempo. Non sono molte tre ore per l'uomo che ha la missione di uccidere, di fare a pezzi la propria figlia.

Il comandante del pilota si era alzato e si era accucciato verso di lui.

Ho dovuto nascondermi, no, non avevo altra scelta che nascondermi.

"Sto bene, Link" disse. Torna al tuo post, per favore.

«Ma se posso fare qualcosa per lei, tenente colonnello...

"Tornate tutti ai vostri post. È già finito. Fu un capogiro momentaneo.

Link obbedì, il viso turbato.

Poteva dare l'ordine di tornare, naturalmente. Ma cosa direbbe il generale? Una ragazza non può ostacolare la vittoria tedesca. Non uno, ma un milione, se necessario, verrebbe sacrificato per ottenere la vittoria di ottanta milioni di tedeschi.

Ma Hermine non era la figlia del generale. Era suo, suo!

Sentì di nuovo lo stordimento. Aveva visto cosa era successo all'acciaio e al cemento quando era esplosa la Stillerite. Che ne sarebbe di quelle carni delicate...?

non ci potevo pensare! Ritorno? Impossibile. C'era solo una soluzione rimasta, una sola. Non poteva sganciare quelle bombe. Potrei, sì, farli cadere, senza regolare perfettamente le spolette. Sapeva come farlo. Non sarebbero esplosi, ma poi gli inglesi avrebbero scoperto il segreto, e non era quello che volevano.

No, le bombe dovevano cadere in mare. Mare. In fondo all'Oceano Atlantico il segreto sarebbe morto. E poi potrebbe tornare a farne altri...

Ma no, non potevo tornare indietro. Era impossibile. Lo avrebbero giudicato un traditore (traditore lui!) No, non poteva tornare indietro.

Poi fu di nuovo l'uomo lucido, il cervello ordinato e metodico. Ha dovuto affrontare un problema e Helmuth Frick, di fronte a un problema, è diventato una macchina pensante.

Prese la maniglia che apriva elettricamente il portello in cui riposavano le bombe.

"Attento, signor tenente colonnello! disse il sergente Klein a disagio. Questo è il comando di...

La sua bocca si allargò, come un pesce sorpreso.

Helmuth Frick aveva abbassato la presa.

L'aereo è saltato, liberato da mille chili di passo, e Link ha lottato per qualche istante per riprendere il controllo dei comandi. Era stato colto completamente di sorpresa.

"Ma cosa è successo...!

Il portello si era richiuso automaticamente. Helmuth si avvicinò alla porta di uscita e tolse la pistola dalla fondina.

"Ho sganciato quelle bombe in mare" disse calmo, rivolto a tutti. Non volevo che esplodessero su Southampton.

Link passò i comandi al suo copilota e si alzò in piedi. Uno stupore impossibile da descrivere si rifletteva nei suoi lineamenti.

«Ma... signor tenente colonnello...

"Questo è quello che ho fatto. Link, torna in Germania. E glielo dica... Tenente, metta giù la radio o le sparo!

Mannheim, il copilota, ha rilasciato l'interruttore della radio come se lo avesse bruciato.

Digli che mia figlia è a Southampton. Se vuoi una prova, chiedi a Virgilio Galves della Croce Rossa di Berlino. Allora sapranno che sto dicendo la verità.

"Ma non ti rendi conto di quello che hai fatto! Formeranno un consiglio militare per tutti noi! Ci spareranno!

"No, se fanno quello che dico loro. Non da un altro passo, Link, o sarò costretto a spararti, e non voglio! Rimani dove sei.

Uno dei sergenti gli stava mettendo una mano sul fianco. Helmuth gli puntò contro la pistola mentre tastava dietro di sé per trovare la maniglia che apriva il portello.

"Ancora una mossa e lo uccido.

Poi trovò la manovella, la girò e saltò nel vuoto.

Fu un momento di angoscia infinita, finché lasciò cadere la pistola e tirò freneticamente la cinghia del paracadute. Uno strattone che quasi le spezzò le spalle e si ritrovò a fluttuare nell'oscurità gelida.

Aprì anche il secondo paracadute, per rallentare la caduta, e gonfiò il salvagente.

Non sapeva per quanto tempo continuava a cadere, lentamente. Il rombo dei motori degli aerei svanì in lontananza.

E, infine, l'acqua, l'acqua ancora più fredda dell'aria. Il bagnino lo ha tenuto a galla bene.

"La tua ultima ora" pensò. Non uscirai vivo da qui.

Il dragamine HMS Leslie lo trovò due giorni dopo, in uno stato di esaurimento quasi completo, ma ancora vivo. Il capitano del Leslie gli diede le prime cure, una delle quali stava cercando di scongelarlo. Quando riuscì a parlare, chiese chi fosse e Helmuth gli disse.

«Tenente colonnello Helmuth Frick, dell'esercito tedesco», rispose. "L'aereo su cui viaggiavamo è stato distrutto in mare.

"Non lo sapevo", rispose il comandante del Leslie, una specie di pirata dalla barba rossa. "Comunque, abbiamo abbattuto molti dei vostri aerei. Bene, spiegherete tutto questo ai miei superiori.

"Posso chiederti in quale porto mi stai portando, Capitano? chiese Helmuth con calma.

Southampton. Che cosa dà a un prigioniero un porto in più di un altro?

Be', che tu ci creda o no, Capitano, mi interessa. A Southampton ho una figlia.

Si voltò verso il muro e si addormentò all'istante.

FINE

www.ingramcontent.com/pod-product-compliance
Lightning Source LLC
Chambersburg PA
CBHW031439130726
47989CB00003B/1211